翊青

——

著

感謝易有伍老師與于健老師
對此書提供寶貴意見。

大清，光緒二十一年。

周文清系廣東河源第三代果商，祖上原籍潮汕，育有一女二子，大女周阿桂，二子周阿山，三子周有祿，家中皆以潮語交言。

周文清內室思想封建，認為女子讀書後嫁人不合算，故大女周阿桂未曾上過私塾，識字不多，自小光陰多於山中放牛閒度，因童年常與客家放牛童為伴，操得流利客語，每年收成後再隨父到城中販賣果實，又練得一口流利廣東白話。

民國三年，河源連連大旱，外加各處革命起義，時局不定，多年皆無收成又無處借貸，周文清迫於無奈，一家投奔珠海遠親。一路上周文清誤踏帶銹鐵釘，不捨花錢就醫，竟發燒多日後身亡，一家無銀喪辦，只得痛心就地草草掩埋。

珠海遠親為周文清二哥，二哥住居珠海鬧市，妻內早逝，並無續弦，僅得一子，其居所狹小，卻宅心仁厚，周文清遺孤一家四口到達珠海仍得二哥收留，夜裡需將飯桌挪至牆角，六人才得席地並肩而息。

周文清二子周阿山隨二叔於碼頭潮州幫勞做苦力，三子周有祿隨二叔獨子於市集內拉黃包車，大女周阿桂與其母仍四處覓工。

● ● ●

　　夜。

　　周家一戶六口，四口男丁皆天亮起早，待近半夜才滿身汗臭回家歇息，當下混亂的局勢，房租與物價飛漲，如此勞做才得糊口。

　　二子周阿山剛剛在地上鋪好草席，抬頭問：「阿娘，妳和阿姐還沒找到事做？」

　　阿娘搖頭，臉色不好看。

　　這時二叔跨過地上一張張草席，蹲在門口，阿娘看了，低頭想了一下，也走出門，蹲下對二叔說：「二哥，我和阿桂已經在你這裡吃閒飯吃了一個月，如果過幾天還找不到事做，我和阿桂就搬走。」

　　二叔嚇了一跳，「妳千萬不要胡思亂想，都是一家人，千萬不要說這種話！現在這個世道別說棲身不易，連找個活也不易，妳們一家子在這裡好好的，別再說要走。」

　　阿娘怕二叔為難說不出口，再說：「其實我們還是有其他遠親可以去投靠的。」

　　二叔：「我真的沒有要妳們走的意思，妳別再胡思亂想，我倒是有一件事想跟妳商量。」

　　「二哥，你說。」

「我有個朋友他細妹在一個潮州大戶家裡做丫鬟，聽她說這大戶人家正需要一個下女，指明要潮州人，妳和阿桂要不要去看看？」

「要！要！」阿娘立刻說。

「不過……他們要的是……」二叔欲言又止。

「要什麼？」

「他們要的是能簽十年賣身契的，簽了就等於是他們的人，不是隨時就可以回來。」

阿娘想了一下，「他們給多少錢？」

「十年十五個現大洋。」

「啊！」阿娘心裡登了一下，慢慢地道出：「這麼少啊！」

二叔嘆了一口氣，「在大戶人家裡，好吃好住的，現在這樣的世道，算可以了！妳想想，如果要的話，我趕緊告訴我朋友，晚了，這個缺可能就別人頂去了。」

「要，我和阿桂都去！」阿娘說，「就不知道人家要不要我們。」

隔兩天。

不到正午，二叔就跑回來。

阿娘和我已經梳好頭，換上乾淨的衣服在家裡等候。

二叔見了我們身上穿著補過的衣服，說：「有沒有好一

點的衣服？」

「沒有……」阿娘把頭低下。

二叔說：「行了，那快走！」

二叔走得好快，深怕去晚了讓人家等，我和阿娘緊緊跟在二叔後面。

好一會，我和阿娘都跑出了汗，來到城內一戶大宅門前，二叔的一個朋友已經站在那裡。

二叔對他的朋友說：「來了！人都來了！」

二叔的朋友朝阿娘和我看了一下說：「把汗擦乾淨。」

我和阿娘立刻用袖子一直往臉上擦。

二叔的朋友蹲下，用力拍了我鞋子，想把我鞋子上的淤泥拍掉卻拍不掉，因為那不是淤泥，是鞋子上褪色的斑點。

二叔的朋友站起來，對著阿娘和我說：「到了裡面，不要東張西望，不要說話，人家問妳，妳才開口。」

我和阿娘不住地點頭。

二叔的朋友接著說：「人家要是問話，是就說是，不是就說不是，不懂就說不懂，知不知道？他們二姨太不喜歡下人話多。知不知道？」

他越講，我和阿娘越緊張，只曉得不停地點頭。

二叔急著說：「行了！那就快進去，不要讓人家等！」

二叔的朋友走上大戶門前的石台階去敲門。

沒一會就有人來開門，二叔的朋友表明來意，接著回頭

向我和阿娘不停地招手，「快過來！」

我和阿娘跑上石臺階，來到大門前，看到門內的一個男子道：「就她們兩個？」

二叔的朋友不斷鞠躬迎著笑臉，「是！是！」

「跟我進來。」男子說。

二叔的朋友急忙說：「快進去！記得我跟妳說的……」

我回頭看二叔，他怎麼不跟我們進去呀！

二叔似乎看出我的擔憂，在階梯下對著我和阿娘說：「沒事的！快進去，我一身臭汗，不能進去。記住，不要四處看，人家問什麼就答什麼！」

我嚇得快哭出來，拉住阿娘的手，跨進這對高大的木門，跟著阿娘一直往前走。

走過一間間的宅院，心中緊張，都不記得它們是什麼樣子，不記得自己是怎麼繞到這間大屋來的。

只記得進到一間到處都是瓷銅器反光發亮的房間，正面坐著一個約四十來歲的艷婦，一圈奪目的閃光在她手上的翡翠金戒指上停下，我已經看傻！

領我們走進來的男子說：「叫二奶奶！」

阿娘馬上彎腰叫了一聲二奶奶，看我沒反應，立刻用手壓我的頭向前鞠躬說：「二奶奶！」

我才回神，叫出了「二奶奶！」

艷婦一身冷傲，吐了一口水煙，打量我們母女，用潮州

話說：「哪裡人？」

阿娘彎著腰用潮州話回答：「河源。」

艷婦又吐了一口水煙，「來珠海多久了？」

「一個多月。」阿娘說。

「潮州人？」

「是，是！」

「好，老爺喜歡用自己人。」

一旁的丫鬟對艷婦說：「他們是母女，從河源鄉下來投靠這裡的二叔，都很老實，不如兩個都要了。」

艷婦又打量了阿娘和我好一會，才說：「十五塊現大洋簽十年，都清楚了？」

阿娘不敢正視，只是點頭。

「小的留下，年紀小可以教，大的不要。」艷婦說完話站起來就走開。

「還不快謝二奶奶！」帶我們進來的男子說。

我看見阿娘眼框裡充滿著感激又不忍的淚水，不斷彎腰道謝，「多謝二奶奶！多謝二奶奶……！」

男子再說：「走，跟我到帳房畫押。」

我們再跟著這個男子身後走出屋子，我看到阿娘一直擦著眼淚不敢哭出聲。

來到帳房，一個銀髮老頭聽男子說了幾句，便在桌上寫下一些字，然後念出來：「周阿桂，自願賣身至伍府為

傭，……若有意外或病痛，生死有命，責任在己，伍府概不負責，空口無憑，立契為約，一式兩份。立字人周阿桂，民國三年……。」

銀髮老人說完，男子拉出我的手，揪出大拇指壓在紅印臺上，在兩份字據上蓋下手印，接著把十五快現大洋交到阿娘手上。

阿娘看著我，終於流下淚說：「不是阿娘不要妳，妳在這裡吃好穿好，比跟著阿娘受苦好，我和妳兩個弟弟在二叔家繼續捱，妳能出來的話，一定要來看阿娘……。」

當時我竟哭了出來。

銀髮老人把字據一份交給阿娘，阿娘把兩塊現大洋塞到我手裡，紅著鼻子，跟男子走出伍府。

阿娘出了伍府後，二叔見到只有阿娘出來，哽咽著說：「阿桂好命啦！……是阿桂好命啦！……」

阿娘已經哭得無法走路。

二叔把阿娘手中的現大洋，拿了三塊，硬塞給他的朋友。

二叔的朋友說什麼都不收，用潮州話說：「浦你母！都是自己人你跟我算這個……」

耿直的二叔明白當下是個大恩情，於是說：「你不收的話，我就叫我姪女回來！」

二叔朋友只好收下說：「晚上我請喝酒！」

二叔：「好！」。

後來我才知道，二叔的朋友叫阿易，也是河源人，六年前是他幫二叔的兒子找到拉黃包車的活。

　　見我和阿娘這個高貴的艷婦是伍府的二姨太。帶我和阿娘從伍府大門走進來改變我一生的叫田明。銀髮老人是掌管伍府一切帳目的翁爺。在二姨太身邊勸她收下阿娘和我的是阿易的親二妹阿荷，阿荷是二姨太身邊的丫鬟，她早就從阿易那邊知道我和娘是母女。

　　在大戶人家簽下賣身契，猶如踏進了後宮。我往後最青春的十年，都賣給了伍府，不得擅自外出，不得娶嫁，陷在富貴大家族的暗層鬥爭，附和主子的喜怒哀樂。更讓我吃驚的是，伍府內有過半的傭奴早過了賣身契的年限，竟還自願待在伍府為奴，不領取自由之身。

　　多年以後我才明白，身陷委屈一久會成為習慣，更會成為舒適無法自拔，所以才有「不忘初衷真英雄！」這句話。

●　●　●

　　剛進伍府大部分的時間，都由阿荷教我一切的規矩，過了兩個多月以後，我才見到伍府的大當家──伍爺。

　　伍爺不管到哪裡，所有人都要放下手邊的活，向伍爺請安，而這種威嚴竟然包含了大半個珠海。

　　我問阿荷姐，伍爺是幹什麼的？阿荷姐告訴我，伍爺是管碼頭的。

　　那二叔和二弟是不是也屬伍爺門下的人呢？

　　好幾次，我事情辦得不好或是讓其他人欺負，還好有阿荷姐幫我；特別是我從小沒有裹小腳，總是讓其他下人看不起我一雙大腳，罵我是鄉下來的。有一次，三姨太的丫鬟無故撞了我一下，逼我下跪道歉，阿荷姐見著立刻跑過來說：「都是看人臉色吃飯的，大家這是何苦呢？她是我二姨太的人，雖然是鄉下來的，怎麼也比妳三姨太的下人要客氣一點嘛！不然請各位姨太出來的話，在伍爺的面前，還不是得論各家主子的輩分說起！」

　　這事後，我拿了一個阿娘留給我的袁大頭給阿荷姐，阿荷姐說：「把錢收好！只要妳當我是姐妹就夠了！」

　　從此後，我把心中所有事都告訴阿荷姐，很快，我就知

道我太單純。

沒多久，二奶奶竟然拿我告訴阿荷姐的這些事在飯桌上說笑。阿荷姐說：「妳又沒跟我說不能說出去。」

從此，我對自己還有伍府這個環境，有深痛的自醒，重新的認知。

人到最後還是為自己，不是情分，是自己。又好久以後，我才知道，做人講仁義是要有條件的，窮人、下人，沒有資格講仁義，更別說大義；甚至有錢人也只懂得談利益。

來伍府的第二年，我竟然有機會坐轎子！

伍爺宴請斧頭幫和福興幫的幫主在得意樓吃飯，這頓飯吃的是門面，阿荷姐跟在二姨太身後，我跟在阿荷姐身後，分別進了轎子裡，搖搖晃晃地到了得意樓。

雖然吃不上得意樓的飯菜，後來看阿荷姐回到伍府，怎麼誇張和炫耀自己在得意樓的所見所聞，我從阿荷姐的為人看清了人性。從此看清人性裡的一切，我頓然開悟。

也是在得意樓，再次改變了我的命運，向前再進了一步。

話說伍爺來得意樓吃的是面子，按規矩理應帶伍府大房隨行，可是伍爺的大房在伍爺納入第三姨太的時候即看破紅塵，皈依我佛，整天在房內拜佛誦經，謝絕一切應酬。從此伍爺只帶二姨太出入大小場合，我也隨行於二姨太身後看盡

珠海官、商、道的一切場面。

今晚伍爺赴得意樓，只開宴席一桌，桌上有客家幫的福興堂堂主，當地斧頭幫老大，和大英帝國來的紅毛商人查理斯。大家以當地廣東話暢談，我第一次這麼近看紅毛，第一次見到紅毛可以說這麼多廣東話。

上到第六道菜的時候，大家慢慢把話轉入正題，由斧頭幫老大先說起，「查理斯，你把福壽膏進口香港就已經十代吃不完了，還打珠海的主意做什麼？珠海這裡只有英國教堂，可沒有英國軍隊做你的後盾。」

查理斯：「福壽膏是好東西，我在英國的市場早已賺得滿盆金，現在進口香港也沒問題，不過我是生意人，想的不單是錢，而是要擴大，如果我可以通過珠海把它介紹給全中國的老百姓，將來我們的錢是像大海一樣賺不完。再說，香港到珠海這麼近，英國艦隊要到珠海，用不到一個鐘頭。」

福興堂堂主這時用客家話來了一句：「吊你嫲！要來就來，以為是你家嗎？」

我聽到這句話時，立刻看向福興堂堂主，這是我到珠海以來第一次聽到人說客家話！

查理斯：「我的福壽膏現在在印度生產，走印度洋過來，只要大家合作，讓我的貨上岸，再由你們出貨，我可以給你們三成。無本的生意，錢是賺不完的。」

福興堂堂主：「讓你上我的碼頭，再幫你出貨，做這麼

多的事，起碼要五成。」

查理斯：「這個是可以商量的，我還可以讓你們兩個月以後再付款，其實你們一毛錢都不必出，把貨派到市面上，等著收錢就好。」

斧頭幫老大：「伍爺，這麼好的事怎麼捨得分給我和福興堂？」

伍爺笑著說：「福壽膏這麼大的利益，我一個人吃的話，你們早晚眼紅，碼頭是大家的，還不如大家一起吃，不要傷了和氣，賺錢放第一。今天請大家來，認識一下查理斯，將來要是關於福壽膏的生意有什麼問題，我可以替大家跟查理斯商量，以和為貴，大家都生財。」

福興堂堂主拿起桌上的酒壺，幫他身邊的女人斟上，看也不看伍爺，「我都還沒說要做，就來教我要怎麼做，怎麼規矩好像都亂了？」

伍爺一下子沒了笑容。

斧頭幫老大的眼珠子轉向伍爺，要看伍爺怎麼應付。

伍爺變了口氣，「你要是嫌少可以不賺啊！是不是這麼多人面前不給我面子啊？」

二奶奶在桌子底下把手壓在伍爺腿上，然後對福興堂堂主露出平時冷艷的笑容，溫和地說：「今天伍爺請來吃飯的，都是伍爺看得起的人，福興堂要是有什麼想法，說出來大家聽聽看。只是大家自己人，就不要在紅毛面前讓人家看

笑話了；今天再怎麼說，伍爺有客人在，改天請您過來搓麻將，大家無話不談。」二奶奶對福興堂堂主舉起杯子，「我敬您！」一口氣把酒乾了。

福興堂堂主看也不看二奶奶一眼，不屑地笑了一下，慢慢拿起面前的酒杯也乾了。

伍爺看他把酒乾了，臉上的笑容再度浮現出來。

二奶奶再把酒杯斟滿，舉向斧頭幫老大，「陸爺，我也敬您！改天搓麻將一起過來。」

斧頭幫老大笑笑，拿起酒杯喝了一口。

伍爺：「大家用菜！用菜！」

飯桌上冷清了一會，斧頭幫老大開口：「伍爺，前一陣子聽說上海一個光復會的，叫菜什麼來的來找你，有什麼好處的就以和為貴，也分一些給大家賺啊！」

福興堂堂主馬上接著說：「是啊！不是以和為貴才能生財嗎？」

伍爺：「你的消息還真靈通！」喝了一口酒慢慢地說，「那傢伙叫蔡元培，是我們洪門裡面的事，沒什麼大不了的。」

福興堂堂主：「他是洪門的人，怎麼打著光復會的名號來找你？大逆不道啊！」

伍爺：「他不是我們洪門的人，是我們洪門在長沙的人介紹過來的，他不過是路過珠海，我接待他吃吃喝喝幾天而

已，沒什麼！」

斧頭幫老大：「聽說這個光復會的老大是一個叫孫文的，過去打的也是反清的名號，到處躲著官府。」

伍爺：「好像是，不過他們是一批讀書人，想法跟洪門還是不一樣，他在珠海這幾天，我都聽不懂他在說什麼，聊不到一塊，找女人給他他也不要，只是說了一大堆我聽不懂的話，煩死了！」

福興堂堂主：「去年我就聽說光復會的人來珠海找過三合會，看來他們是想拉攏人一起搞起義。」

斧頭幫老大：「現在到處都在搞起義，也不差他們一個光復會。」

伍爺：「不就是嘛！還是賺錢重要……」

這頓飯吃了有一個時辰，大家都站起來要走的時候，二奶奶又跟福興堂堂主和斧頭幫老大提了一次，要他們後天到伍府打麻將。

我又聽到福興幫幫主說客家話，他對身邊一個年紀頗大的男人，剛才在飯局上有人稱他叫「楊師爺」，對他說：「福壽膏是好生意，叫人跟住紅毛，看他住哪裡。」

楊師爺點頭。

在回伍府的路上，我和阿荷姐坐同一個轎子裡，我跟阿荷姐說了那個客家人找人跟紅毛，還想知道他住哪裡。

回到伍府，我正要躺下睡覺，就被叫去大廳見伍爺。

一進大廳，我見伍爺和二奶奶坐在大廳正中央，一旁還有阿荷姐和呂管家，我看了這場面嚇得兩腳發抖。

伍爺一腳抱在椅子上，手掌握著朱砂茶壺，把辮子甩到胸前，一副高高在上的霸氣，對我說：「妳會講客家話？」這是伍爺第一次正眼看我。

完了！阿荷姐出賣我。

我低著頭不敢說話。

二奶奶用柔和的語氣說：「誰教妳客家話的？」

我吞吞吐吐地說：「小時候在鄉下，有很多客家人，我……跟他們學的。」

二奶奶對呂管家說：「去叫七品軒的老闆來。」

呂管家走出大廳，二奶奶再叫阿荷姐去把文房四寶拿出來。

完了！完了！不過我沒偷吃七品軒的東西啊！

阿荷姐把文房四寶拿來放在桌上，開始磨墨，我感到伍爺一直盯著我看。

二奶奶：「阿桂，七品軒的老闆是客家人，等一下他來了，妳用客家話告訴他我要訂酥餅。四打四個精裝盒，每一盒要有紅豆，綠豆，芋頭，蛋黃四種口味，分別送到河通街王府王大夫人，秀德街李府三夫人，紫河街元府二夫人，仁德街趙府趙員外府上。每個月十號，送一打酥餅到這裡，

只要紅豆的，每次來每次結帳。還要半打精裝盒，三個紅豆三個芋頭，送到天宏客棧給紅毛查理斯。等一下不准說廣東話，只能用客家話下訂。」

不一會，七品軒的老闆被呂管家帶來，他一進大廳馬上對伍爺和二奶奶畢恭畢敬地鞠躬，「伍爺，二奶奶，這麼晚找我什麼事？」

二奶奶：「我要訂一些酥餅，我的下人會告訴你，你到一旁用筆記下。」

老闆走到一旁桌邊，二奶奶對我點頭，我便開始說。

我把二奶奶剛才說的全部用客家話說出來，一字不漏。

說的時候，老闆抬頭看了我一眼，似乎略帶訝異，怎麼潮州老大伍爺府裡請了一個客家人？

老闆寫好，二奶奶馬上說：「拿來給我看看。」

二奶奶接過紙看了一下，對伍爺點頭笑笑，再把紙交還給老闆，「呂管家，帶老闆到帳房拿錢，送老闆。」

老闆依然恭恭敬敬地對伍爺和二奶奶道謝，跟著呂管家走出大廳。

等呂管家走開，二奶奶才對伍爺說：「都沒錯，還記得很清楚！」

伍爺笑了出來，「阿桂，今天在得意樓，妳都聽見福興堂的人用客家話說過什麼了？」

「我……我聽見他對楊師爺說，福壽膏是好生意，叫人

跟著紅毛，看他住哪裡？」

「還有呢？」伍爺再問。

「紅毛說英國海艦不用一個小時就可以到珠海的時候，他……說他……他幹紅毛他阿娘，說來就來，把珠海當成他家了。」

伍爺聽完哈哈大笑。

二奶奶：「阿桂蠻機靈的，腦筋和嘴巴都很清楚。」

「浦你母！」伍爺立刻換了口氣，「這個死客家人！吃了我的飯還想偷偷去找我的客人，打什麼主意？真是不給我面子！」

二奶奶：「好了！阿荷和阿桂妳們去睡吧。」

「是。」我和阿荷姐向伍爺和二奶奶行禮後走出大廳。

嚇死我！原來是要試我的客家話而已，還好沒事！

第二天，二奶奶給我兩塊七品軒的酥餅，這是我第一次吃到七品軒的東西，沒想到世界上有這麼死爸好吃的甜餅。我留了一塊用布包起來，下次見到阿娘的時候要給她吃。

從此，只要有福興堂堂主在的時候，伍爺就會帶上我，故意在福興堂堂主面前跟我說潮州話，等回到伍府的時候我再告訴伍爺聽到客家話的所有內容。

我這樣跟著伍爺，轉了珠海的飯館，酒館，煙館，還

有洪門幾個堂口，大開眼界，伍爺所到的地方，不管是洪門的香堂，還是橫眉豎眼綠林好漢的聚集場所，甚至過百人的碼頭，都要對伍爺彎腰行禮，沒有人敢對伍爺不敬。有時候不去見客家幫的時候，伍爺也把我帶在身邊大聲跟我說潮州話，故意要讓人家知道我是個潮州妹，只會說潮州話和廣東話。沒多久，珠海所有場合都習慣看見伍爺身邊除了兩個保鏢，還有一個潮州細妹。這樣的日子，增廣了我的見識，我看盡伍爺和不同人談話之間的進退，和不同人談話之間的虛實。

這一天，伍爺和幾個道上的朋友，在迎春樓裡打麻將，鴉片抽大了又喝了不少酒，兩個手下把他扶到隔壁的房裡睡覺，扶他進房的其中一個是虎哥，叫我在房裡陪伍爺，他們兩個守在房門口。

伍爺睡到半夜，坐起來吐了自己一身。我幫伍爺脫下衣服擦身子，看到伍爺身上刺滿了一隻大青龍攀環在他身上，還有滿滿的大小傷疤。或許我看了應該要嚇死，可是過往半年來，跟著伍爺看盡各種人，各種場合，當下再見他身上的紋身和刀疤，竟然讓我對伍爺更敬佩，伍爺是走過刀槍劍影而屹立不倒的男人。

這時伍爺的眼半開，迷迷糊糊地把我拉上床，我嚇得叫出來。伍爺把我壓在床上，我嚇得咬緊牙不敢再出聲，他硬

將我褲子脫了一半，竟然打呼又睡著了。我半個身子被伍爺壓著不敢動彈，深怕伍爺再醒來對我動粗。就這樣一直撐到早上，我才漸漸睡去。

近午時，伍爺醒來一次，睜眼見睡在身邊是阿桂，將她摟得更緊，繼續睡去。

幾近黃昏，伍爺再醒來感到餓的不行，下床打開房門，要門外的保鏢去叫一些吃的進來。伍爺關上門坐到椅子上，看著還在熟睡的阿桂褲子脫了一半，昨晚自己到底對阿桂幹了還是沒幹？

伍爺納悶，阿桂的褲子已經都脫到膝蓋，但是沒脫掉，能幹嗎？也不是不能幹！還是幹完了她自己再把褲子拉上去的？

門外的敲門聲把阿桂吵醒，「伍爺，我拿了一些飯菜來。」是迎春樓的下人。

「進來。」

阿桂看有人端了飯菜進來，再見自己下半身是空的，嚇了一跳，趕緊把褲子拉上來。

下人退出房把門關上，伍爺對阿桂說：「過來吃飯，吃完飯幫我梳頭。」

伍爺看阿桂緊抓著自己的褲子，縮在床邊一臉委屈，「要不要我過去請妳過來啊？昨晚我喝醉了，什麼事都沒發

生，快過來！」

阿桂心裡想了一下，伍爺後來又醉昏了，是沒發生，可是他脫了我的褲子，人家已經是姑娘，不是孩子了！

伍爺火大，手往桌上用力一拍，「過來！」

阿桂含著眼淚慢慢走到伍爺桌邊，不敢靠得太近。

「昨晚我們什麼事都沒發生，也沒人看到，妳要是還想留在伍府，一會回去別跟任何人說，尤其是不能讓二奶奶知道，這其中的利害關係，妳懂不懂？」

阿桂仍是含淚抓緊著褲子沒有出聲。

伍爺伸手把阿桂的褲腰帶隙好，拿了五個現大洋放在她手上，「收好，別讓人知道。」

阿桂一看手中是五個袁大頭，開心得哭不出來了。

「坐下。」伍爺添一碗飯放在阿桂面前，幫她在碗裡夾了不少菜，「快點吃，吃完幫我梳頭。」

天啊！伍爺居然叫我和他一起吃飯！

「是不是要我餵妳才願意吃呀！」

阿桂低著頭，開始吃起飯。

這妓院的飯真是死爸好吃！和伍爺同桌吃飯，伍爺還給了我五個現大洋，伍爺對我真好！

伍爺自己吃著飯，還不斷幫阿桂夾菜，「都餓一天了，再來一碗。」又幫阿桂添滿一碗飯，「自己夾菜！」。

吃完飯，伍爺說：「去叫阿虎找人端一盤洗臉水和拿一

套乾淨的衣服進來。」

伍爺換上新的衣服，阿桂幫伍爺梳了頭髮，重新綁了辮子，二人才走出房門。

阿虎：「伍爺，要坐黃包車還是轎子？」

伍爺：「不用，走走透透氣！」

一行四人走下樓梯，迎春樓裡的人看到，趕緊去叫老鴇，老鴇出來，立刻叫一樓所有人放下手邊的活，站到門口恭送伍爺。

● ● ●

　　我幾乎天天跟著伍爺出門，府裡的活都沒有做，二奶奶還給我做了兩套布料比較好的衣服和褲子隨伍爺出門的時候穿，後來居然還幫我做了一件旗袍，跟伍爺去大飯館，大場面的時候穿比較好見人，雖然旗袍的顏色很素，不像二奶奶平時穿的旗袍花花綠綠有繡鳥繡鳳，但那是我一生第一件旗袍，我開心了三個月。

　　就這樣隨伍爺四處閒逛，吃飯，收帳，談判；最遠一次，還隨伍爺到了陽江。那一次到陽江，沒有和客家人接觸，伍爺還是把我帶上了。

　　阿桂當時十六歲，正當發育，胸部長得快，臀部越來越翹，笑起來特別香。

　　伍爺決定坐船過去陽江，既快又能免去一路顛簸。

　　伍爺叫所有人上甲板，自己在船艙內小飲，只留下阿桂。

　　阿桂在船艙裡幫伍爺斟酒，伍爺老盯著阿桂的胸部，長得這麼快，就快把胸口的衣服撐破了！

　　伍爺慢慢喝著上好的花雕，嚼著花生，這樣過了一個時辰，突然船遇大浪，阿桂起身幫伍爺斟酒時身體一晃，把酒倒在桌上，船尾又是一晃，把阿桂晃到伍爺身上，伍爺抱住

阿桂，「別動，等這一波浪過去再站起來，不然摔死妳！」

船身前後晃得厲害，阿桂第一次坐船，緊張得不知道要怎麼辦，雙手緊握著酒壺，深怕酒壺掉出手中摔破；伍爺聞著阿桂身上少女的體味，禁不住把阿桂胸前的扣子解開，伸進一隻手，抓了阿桂奶子一把，阿桂才發現伍爺的手在自己的衣服裡，叫了出來，要應付晃船，又跑不掉，又要保住酒壺，不知道該怎麼辦才好？

波浪逐漸轉小，阿桂覺得船不再晃了，便從伍爺身上站起來，突然一陣反胃，放下酒壺跑出船艙，到甲板上把頭伸出船外開始吐了起來，甲板上的人見了都笑了起來。

黃昏，船到長沙灣，伍爺要船靠岸，明天再上路。

阿虎先下船找店家，在碼頭附近找到一家客棧，回來通報伍爺。伍爺留了三個人在船上守船過夜，其餘七個人與他上岸到客棧投宿。

阿桂下船後還是暈頭轉向，伍爺見阿桂臉色蒼白，到了客棧就讓阿桂一個人先進房休息。

阿桂一上床就栽頭睡到天亮。

早上，阿桂醒來，扶著牆走下樓。

伍爺見阿桂下來，身體依然虛弱，於是叫阿虎去找馬車，他要與阿桂和另兩人乘馬車到陽江，其他人則乘船過去

會合。

伍爺這麼做讓所有人訝異，伍爺竟會為一個下人改變路程。

伍爺，阿桂，阿虎和另一名保鏢乘坐馬車，天還沒暗就到了陽江，再投宿進一家客棧。

吃晚飯的時候，阿桂聽到伍爺和阿虎的對話，聽起來伍爺此次到陽江，似乎是來參加一個洪門大會。

阿虎：「伍爺，看來客棧裡有好些人也是來參加洪門大會的。」

伍爺：「這次來的一共有七個省二十四個堂口，陽江也不是什麼大地方，客棧應該都擠滿了。」

「還好我們早兩天到，不然明天可能就沒地方投宿。這次怎麼會選在這種小地方？」

「避人耳目，如果選在廣州這樣的大地方，可能會讓地方官府緊張。」

阿桂一直播著飯入口沒抬頭。

伍爺：「過去反清的三大主力有洪門，青幫，白蓮教。現在洪門又由天地會改名回洪門，而青幫把心思都放在拜神上面，白蓮教在嘉慶年間天理教之亂後，到現在都已經多久了，連個屁都沒再聽到過他們！當下的朝代都叫民國了，皇帝是袁世凱，洪門還依然是地下幫會，不曉得他們還能搞什麼名堂？」

阿虎：「我們在碼頭的勢力，是整個江湖賣面子給洪門的，不來看看怎麼回事還是不行！」

　　「浦你母！現在洪門每個月拿我五百個袁大頭，還是不幫我把賭場開進內陸！」伍爺說完從桌上夾了一塊雞腿放進阿桂的碗裡。

　　阿桂看了伍爺一下。

　　伍爺：「慢慢吃。」

　　阿桂用手抓起雞腿開心地啃起來。

　　阿虎：「珠海碼頭後面是馬騮仔的地盤，我們一往內陸去，一定要踩過去，他不會答應的，斧頭幫和福興堂好幾次想殺過去，馬騮仔守得死死的。」

　　「浦你母！馬騮仔也是洪門的人，一講到地盤就不是自己兄弟了！」

　　「沒辦法！現實還是現實。」

　　伍爺再倒酒，見酒壺已空，「再叫兩壺白酒。」

　　阿虎對店小二喊出：「再來兩壺白酒。」

　　伍爺：「我跟馬騮仔這些年來打不起來，是因為洪門的關係；合不到一塊，是因為利益。我的勢力伸不進內陸，就是有個馬騮仔擋在那裡，不軟不硬的，真是難搞！」

　　「伍爺！」阿虎說，「你想洪門這件事不幫你，會不會是不方便？」

　　「怎麼說？」

碼頭

029

「你看洪門的幫規和幫詩，還有每次開會，講的都是滿口的仁義道德，你要向內陸開賭場，他們幫的話，豈不是給自己難看？要不趁這次試試看，說你要開錢莊。錢莊沒有違反幫規任何一條戒律，成的機會可能比較大。

「開錢莊？我們這些碼頭的苦力，靠打打殺殺起來的，只會吃喝嫖賭抽，哪裡會搞錢莊？」

「我們可以花錢請懂的人管，何況我們只要先把一隻腳伸進去，其他的就好辦了。你本來就是想過去先開一家賭場，然後再慢慢擴大。我們先有生意在那邊，有了經常進進出出的理由，到時候再見機行事機會就更大了。」

伍爺往一旁吐了口痰，「錢莊……錢莊……」想了好一會才說：「錢莊我們沒人懂，還是要靠人，開飯館或是銀樓不好嗎？」

「飯館，茶樓，銀樓，當鋪，馬騮仔那裡都有了！就是沒有錢莊，我們開錢莊，也方便他做事。」

「嗯，……那馬騮仔為什麼不開錢莊？」

「開錢莊的人必須要有人面，有信譽，大家才放心在你那裡存錢、拿銀票、轉帳。馬騮仔幹的也都是吃喝嫖賭抽，我們除了吃喝嫖賭抽，還有近百艘船，有碼頭，還有大英帝國，葡萄牙，荷蘭和花旗國的船靠在我們的碼頭，我們有和紅毛做生意背景，有做正行和好名譽做後盾，我們有條件開錢莊，馬騮仔沒有。要說馬騮仔讓誰進他的地盤開錢莊比較

可靠，只有自己洪門的人才保險，因為錢莊要是出了什麼事，有整個洪門可以為他主持公道。

「嗯。」伍爺想了一下，「那……馬騮仔有什麼不讓我們進去開錢莊的理由嗎？」

「如果洪門的元老們願意幫手推一把的話，他就沒理由拒絕了，他要是拒絕，那就是悖逆。」

「後天才開洪門大會，先去打聽一下，這次洪門有哪些元老在。」

「是。」阿虎起身就走，時間所剩不多，要爭取時間辦事。

伍爺又夾了一大塊雞肉放阿桂碗裡，阿桂馬上又抓著這塊雞肉吃起來，吃的津津有味。

伍爺對阿桂說：「把酒菜拿到我房裡。」站起來上樓回自己房裡。

我將桌上剩下的酒菜端進伍爺房裡。

進了伍爺房裡，將酒菜擺上桌，正要退出房，「倒酒。」伍爺說。

我將酒倒進杯中，然後站在一旁。

伍爺喝了一口，說：「坐下。」

我不敢坐，伍爺說：「把桌上的肉吃了，別浪費。」

我還是不敢坐，伍爺板起臉，「叫妳坐就坐，把肉都吃

了！」

我慢慢坐下，低著頭吃著桌上的雞肉和豬肉，這一輩從來沒吃過這麼多肉！

伍爺把他的酒杯放到我面前，「喝一口。」

「我不會喝酒。」

「喝酒是要練的，否則進不了大場面，先喝一口就好。」

我放下手中的雞肉，把雙手的油在褲子上擦了幾下才把酒杯端起來，一股嗆鼻的味道沖上眼，我立刻把酒杯拿開，眼淚都快流出來。

伍爺：「慢慢喝。」

我喝了一小口，辣得整個嘴難受。

伍爺笑了一下，「我今天在珠海的勢力，有些是靠打出來的，有些是靠喝酒的面子爭來的，懂不懂喝酒是多麼重要？」再說，「吃肉！」

我把酒杯放下，再抓起肉啃起來。

伍爺看阿桂的臉整個紅起來，又笑了一下，「肉好不好吃？」

阿桂滿嘴的肉，只能不停地點頭。

「妳最喜歡吃什麼肉？」

「紅燒肉。」

「哦！妳吃過紅燒肉嗎？」

「沒吃過，上次在得意樓看到，覺得它好香喔，一定很好吃！」

伍爺把酒杯倒滿，「妳把這杯乾了，我現在就叫紅燒肉給妳吃。」

「真的啊！」阿桂幾乎不敢相信。

「我什麼時候騙過妳？乾了它，我現在就叫紅燒肉。」

阿桂心想：這酒這麼難喝，不過一杯也兩個手指大而已，合算！

阿桂放下雞肉，又把手在褲子上擦了兩下，拿起酒杯，然後睜大眼看著伍爺說：「那我喝了哦！」

伍爺點點頭，「喝了馬上有紅燒肉吃。」

阿桂一口氣把整杯白酒喝掉，酒一入口立刻吞進肚子裡，不讓那股嗆味留在口中。

還好嘛！不過……胸前怎麼像火一樣燒了起來？

伍爺笑了出來，「好！狼響！」

阿桂摸住自己胸口，好燙！

伍爺：「去叫一盤紅燒肉和一壺花雕進來。」

阿桂開心地笑了起來，走去打開房門，看到兩個保鏢守在門口，「伍爺要一盤紅燒肉和一壺花雕。」

其中一名保鏢立刻走下樓，阿桂興奮地把房門關上，轉身要走回來的時候，怎麼房間晃了起來？就像在船上一樣。

伍爺看阿桂斜著走過來，扶著桌子坐了下來，拿起雞肉

接著吃。

「阿桂，喜不喜歡待在伍府？」

阿桂一臉通紅，帶著醉意傻笑說：「喜歡。」

「喜歡伍府什麼？」

「不用種田，有雞蛋吃，有時候還有肉吃，還有新衣服穿。」

「有什麼是不喜歡的？」

「不喜歡三奶奶的丫鬟小蓮和呂管家。」

「為什麼不喜歡他們？」

「小蓮老是罵我腳大，還撞我，要我跟她道歉。」

「那呂管家呢？」

「呂管家心情不好的時候罵我們，不給我們吃飯。」

伍爺有些訝異，「有這種事？」

「嗯！」

沒多久，店小二敲了房門，把熱乎乎的紅燒肉和一壺花雕端進來。

哇！阿桂心想，真的可以吃到紅燒肉了！

店小二退出房門，伍爺把自己的筷子拿給阿桂，「吃吧！」

阿桂接過筷子，馬上吃了起來。

伍爺：「好吃嗎？」

阿桂滿嘴肉地「嗯！嗯！」不停點頭。

伍爺倒了半杯酒，拿到阿桂面前，阿桂一邊嚼著紅燒肉一邊搖頭，「不要了！」。

伍爺硬把酒杯往她嘴裡塞過去，阿桂嘴裡還有紅燒肉，迷迷糊糊地把半杯酒再喝下去。

「阿桂，以後聽伍爺的話，我每天給妳紅燒肉吃好不好？」

阿桂搖搖晃晃地說：「好。」

伍爺站起來走到阿桂身後說：「伍爺對妳好不好？」

「好。」

伍爺開始解開阿桂身上所有的扣子，阿桂抓住伍爺的手看著伍爺。

伍爺：「吃肉，聽伍爺的！」

阿桂放下手，繼續吃著紅燒肉，伍爺將阿桂身上的衣服打開，手伸到阿桂衣服裡面，把兜肚給解下，看著她胸口兩粒突出來的奶子，伸手揉上去。

阿桂已經醉得感覺不到發生什麼事，只知道紅燒肉很燙，燙得死爸好吃！

伍爺拉起阿桂，再把她拉到床上，「還沒吃完……」阿桂盯著桌上的紅燒肉說。

伍爺：「等一下再吃。」將阿桂的鞋子脫掉，一頭栽進阿桂的胸口裡。

接著，阿桂覺得下體痛得難以忍受，叫出一聲後，立刻

被伍爺摀住嘴……

　　第二天早上，阿桂睜開眼，覺得下體痛得說不出話，再看一旁，是鼾聲貫雷的伍爺。

　　阿桂慌了，坐起來哭了出來，把伍爺吵醒，伍爺看阿桂一絲不掛，依偎在床邊哭個不停，再見床上幾處大小紅點。

　　伍爺想盡辦法安慰阿桂，阿桂仍是止不住哭泣，伍爺失去耐性大罵：「浦妳母！我對幾個姨太太都沒這麼好聲好氣的，再哭把妳賣到妓院去！」

　　阿桂這時才摀住自己的嘴。

　　伍爺走到桌邊喝了一口茶，回頭看阿桂裸體縮在床角，身材真是好！自言自語起來：「浦妳母！好久沒上這麼年輕的姿娘了，讓你爸又硬了起來，真想不到！」

　　伍爺回到床邊坐下，換了語氣：「伍爺娶妳做四姨太好不好？」

　　阿桂哭得眼紅鼻子腫，不停搖頭。

　　伍爺想了一下，「做伍爺的四姨太，我每個月給妳二十個袁大頭，再買間大房子給妳阿娘住好不好？」

　　阿桂還是哽泣，一聽到每個月可以拿二十個袁大頭給阿娘，於是點頭，「我可不可以常常回去看我阿娘？」

　　「可以呀，沒問題！」

　　「那好！」邊哭邊說。

伍爺笑了出來，把阿桂拉倒身邊，親上她全身，再把她兩腿打開……

阿桂再次看見伍爺身上刺的這條大龍，這條大龍漸漸朝自己靠近，等它再次來到面前，阿桂閉上眼，抱住了它。

伍爺亦如一條大龍，環抱住一只顫抖的小狗。

伍爺吐了一口口水在手上，在下面抹了一下，阿桂再次感到肉體上從沒有過的疼痛。

伍爺摀住她的嘴，「忍一下！以後就不會這麼痛了！」

阿桂撕心裂肺地吼，卻被一隻大手摀住吼不出聲，只能痛得不停流下眼淚。

忍下去！忍下去！一會就過了，為了阿娘有大房子住，每個月還有二十個袁大頭可以給阿娘……忍下去！……忍下去！……

洪門大會結束後，回到珠海的當晚。

伍爺、大夫人、二姨太、三姨太在書房裡，房門外所有下人先聽到二姨太大喊大叫，然後摔杯子、摔盤子、還有摔花瓶的聲音。

大夫人先出了書房，沒將門關上，下人們聽得更清楚房裡的聲音。

二姨太破口大罵：「你要找也找一個像樣的，她是一個下人，腳還那麼大，不要忘記自己的身份！」

三姨太：「你一個月要給她多少零花？可不能從我們的錢裡面扣給她，她是老四，待遇可不能比我們好，也不能跟我們一樣好，不然就沒了規矩……」

伍爺吼得更大聲：「不要忘記這裡誰做主！我是告訴妳們一聲，不是來要妳們同意。浦妳母！吃我的花我的，都忘了我是誰……」

二姨太眼裡帶著怒火，「你要讓她進門，我就走！」

伍爺：「妳走不走還得先問過我……」

二姨太沖出書房，嘴裡罵著：「跟一群不識字又不衛生的人在一起，我當初真是瞎了！會聽這種地痞流氓的花言巧語……」

二姨太先把阿荷叫來，「把我的衣服收拾好，我們今晚就走。」接著在後院找到了阿桂。

二姨太來勢洶洶走到阿桂面前，在她臉上吐了口水，再大力抓住阿桂的臉，狠狠地說：「我真是小看妳這個鄉下人，妳敢進門的話，我不會給妳好日子過！」

不到半個時辰，伍府整個上上下下傳開伍爺要娶阿桂入門。

以前得罪過阿桂的人，有些來討好她，有些看見她都低頭走過。

三姨太來自潮安，是伍爺六年前在戲台上看中的一個小配角，那年她十七歲，才剛進戲班子，伍爺和朋友去看潮州大戲的時候，一眼就看中台上的她，不停約她出來吃飯。不到一個月，伍爺就要娶她進門，二姨太也像今天一樣大吵大鬧，過幾個月就沒事了。

三姨太的阿爹當初將女兒賣給戲班子的時候，是為了還賭債，只賣了二十兩，伍爺出五十塊大洋買她贖身過門，班主可有不賣的道理。三姨太來到伍府，只懂得貪錢要面子，時間久了，二姨太看出三姨太不過是窮人出身的小家子個性，很好對付，也不把她看在眼裡，只要她在伍府中懂得尊長有序的規矩，便不再為難她。

大夫人當年是隨伍爺從汕頭到珠海的，那年伍爺十九歲，手上只有幾個潮州兄弟，每天在碼頭打打殺殺搶地盤收賭債，伍爺和大夫人當時住的是破木屋，大夫人沒有埋怨，幫他照顧爹娘，喝醉回家時幫他擦身子，受傷回來時幫他包傷口，沒錢時拿自己的衣服去當。伍爺之後越來越有錢，反而夫妻之間的情份越來越薄。

　　伍爺當初和大夫人成婚時，發誓一生只愛她一人。伍爺納進第三房時，大夫人徹底心碎，從此吃齋念佛，極少踏出房門。

　　二姨太是汕尾陸海峰人，祖父曾是大清邊關名將，在朝廷被奸人所害，家中財產全部充公，男丁全發派到北方修建長城，女年長者入宮為下人，年輕者分發各地青樓。

　　伍爺因多次到青樓談生意而認識二姨太，欣賞二姨太談吐不凡，待客進退得體，還屬同鄉潮州，於是要為二姨太贖身，當時青樓要價五百現大洋，二姨太為盡快離開青樓這個環境，不顧伍爺出身市井，只要求他要有一宅一院，當自己面不得吐痰、穢語。伍爺為娶二姨太入門，答應她所有條件，還許諾山盟海誓，買下一大宅院，再借貸兩百現大洋湊足錢贖二姨太過門。

　　二姨太從小在家中與其他孩子同受私聘的大清秀才習文，看盡官場人在家中進出，自然比一般女流成熟伶俐、識

大體，與伍爺同赴大場合時，替伍爺爭添不少光面，還能為伍爺分析事態，出得好良策。

當二姨太帶著丫鬟要出門時，阿虎跑到伍爺身邊，「伍爺，二奶奶要走了！」

伍爺大罵：「要走讓她走！看她走了以後還有沒有大魚大肉吃，有沒有金銀首飾戴，都忘了誰才是伍府的主人！她走了老子還有三房，她當自己是誰了！」

阿虎很清楚，伍爺今天在碼頭三分之一的地盤和生意，是二奶奶過門之後才穩住的，如果二奶奶一走，以伍爺動不動就愛面子火拼的性子，根基很容易就被福興堂和斧頭幫動搖。自己從二十六歲就到碼頭跟伍爺打江山，不是沒見過二奶奶跟黑白兩道談判的手腕，那種細膩和穩重超越伍爺。也是二奶奶入門伍府以後，伍爺才有一連的對策壓得住福興堂和斧頭幫，避免掉無數的廝殺和弟兄們的犧牲。

二奶奶絕對不能走！

阿虎看這次伍爺和二奶奶是鬧僵了，伍爺不去留二奶奶，阿虎便轉身跑到大門口，必定要阻止二奶奶離開。這些年下來，阿虎了解二奶奶的性子不同一般人，說話不會出爾反爾，她說要走，就不會輕易回來，為了大局，必要的話，犧牲阿桂，也不能讓二奶奶離開。

阿虎快步來到前大院，看見幾個下人在門口拉著二奶

奶，要勸二奶奶留下。

　　二奶奶平時就是個不愛說廢話的人，他對幾個拉著她的下人，已經口出威脅：「若再不放手，日後要你們好看！」

　　這幾個沒腦子的下人，以為二奶奶只是生氣隨便說說。

　　阿虎來到這些對二奶奶拉拉扯扯的下人身後，大吼一聲：「放開！」

　　所有人嚇了一跳，回頭往後看去。

　　阿虎一臉火大地說：「知不知道自己是什麼身分？敢碰二奶奶的身體，還拉拉扯扯！」

　　其中一個年輕的女傭說：「虎哥，二奶奶要走啊！」

　　阿虎上前用力將她往後一拉，這個年輕女傭頓時摔得四腳朝天。

　　所有人都楞住！

　　阿虎：「我再說一次，知不知道自己是什麼身分？竟然敢敢碰二奶奶的身子！」

　　大家趕緊把抓著二奶奶的手放開。

　　阿虎走近一步，嚴肅地說：「二奶奶，要怎麼樣您才不走，妳說我就做。」

　　二奶奶氣得一臉通紅，「把這些阻攔我的人，全部趕出伍府，讓他們永遠不能回到伍府。」

　　「好。」，阿虎轉身嚴厲地說：「你們這四個人，現在全部離開伍府，永遠不得再回來，只要我在伍府周圍看見你

們，就打斷你們的腿。」

四個下人立刻跪下哭著說：「我們是為伍府好，不讓二奶奶走啊！……」

二奶奶破口大罵：「我說過不要碰我，碰我的人我不會放過，你們是什麼東西，還竟敢拉我，你們以為我是開玩笑嗎？我的身體是可以隨便讓妳們碰的嗎？」

阿虎把伍府大門打開，不管他們的年紀大還小，在伍府待過多久，一個一個抓住摔出去，四個人全部被摔到伍府門外地上。然後對其他下人說：「只要看到他們在伍府附近，不趕走他們的，我一樣把他丟出去。」再對其中一個下人說：「去把他們的家當拿來，全部丟出去。」再轉向二奶奶畢恭畢敬地說：「二奶奶，我照您的意思做了，也請照您自己的承諾，先進屋裡，有話好說，只要您願意留下，您要的事阿虎全部照辦。」

二奶奶還是一臉怒火，瞪了阿虎一下，「到書房說。」轉身朝書房走去。

門外四個人跪在地上，哭著求能回到伍府。

阿虎：「叫呂管家來，他們拿了自己家當要是還不走的話，打斷他們的腳再送官府。把大門關上！」

阿虎跟在二奶奶身後，朝書房走去。

● ● ●

　　伍爺在飯廳喝著酒，吃著炒花生，他就要看二奶奶怎麼鬧，上次要娶三姨太進門，她不也是鬧一下就沒事了！讓她發洩一下就好了，難道她還會真的走不成？在這裡她至少是個二姨太，出了這個大門，她什麼都不是！，「哼！女人就是這幅德性。阿桂我是娶定了！」伍爺抱著一隻腿坐在在飯桌旁，另一隻腿在地上時不時抖著，一臉不以為然地喝著白干。

　　阿虎隨二奶奶進書房前，對門外的下人說：「給二奶奶沏茶。」

　　二奶奶站著凝視著窗外，不發一語，看起來已經比較冷靜。

　　阿虎等了好久，才開口：「剛才要挽留您的那四個人，為了要討好妳，戲演得很好。」

　　二奶奶：「可都是白癡！伺候了我這麼多年，還不懂我的脾氣。我不說假話，也不做戲。」

　　「我挽留妳是因為我知道，您走了，洪門在碼頭的幾百個潮州兄弟，很快就會沒飯吃。」

　　二奶奶冷笑了一下，「你比伍爺聰明！」

門外敲門，下人端茶進來放在桌上，「二奶奶用茶！虎哥用茶！」接著退出書房。

阿虎：「伍爺只是一時昏了頭。」

二奶奶不屑地說：「臭男人！」

阿虎拿起桌上的茶，雙手端給二奶奶。

二奶奶看了阿虎手上的茶，慢慢地把它接下。

阿虎：「大夫人什麼都不過問，三奶奶只在乎自己，二奶奶一向事情看得比平常人遠，比平常人大氣。阿桂不過是個孩子，她過門進伍府的話，絕對不會威脅到您，二奶奶不可能是因為吃醋吧？」

「什麼！」二奶奶雙眼帶火瞪向阿虎。

「二奶奶，我說過，您一走的話，碼頭幾百個潮州兄弟很快就會沒飯吃，只要您留下，我做什麼都行。」，阿虎再說：「我也可以讓阿桂今晚就消失。」

二奶奶慢慢吸了一口氣，喝上一口茶，再把茶杯放到桌上，「你倒說說，伍爺現在在珠海是什麼身分，在整個廣東省的洪門中，是什麼地位？」

「大清期間，伍爺可以和衙門的捕快平起平坐，現在民國，伍爺已經可以和警務局長大人同桌吃飯；在整個廣東省的洪門中，伍爺是內八堂的左相大爺。」

「你覺得以伍爺現在的身分，要娶府中一個沒裹小腳的下人，不胡鬧嗎？別人看他一個洪門堂堂內八堂左相大爺，

碼頭
0
4
5

平時在家沒事，原來都是在跟下人搞這種齷齪事；他不要臉，我身為伍府的二姨太，我還要臉呢！」

「那您現在一走，不讓人家覺得妳鬥不過一個下人！」

二奶奶罵出口：「先是納一個戲子過門，現在要納一個下人，這是在幹什麼！我是嫌伍府太髒了，嫌你伍爺的口味真是越吃越賤了，不想再攪和下去！」

「二奶奶，今晚我就讓阿桂回家去通報她家人她要過門伍府的事，在路上我就讓她消失永遠不再出現。」

「你們這些人，不要只會沒命地打打殺殺」二奶奶教訓起阿虎，「經過今晚的事，這一年內阿桂要是發生什麼事，整個珠海的人就不會想到是我？」

阿虎等了一會，說：「二奶奶，那妳想怎麼做？告訴我一聲就行了嘛！」

二奶奶看著窗外，沈寂了好久。

阿虎想這一時半會，要伍爺不娶阿桂過門是不可能，剛才他是寧願二奶奶走也要娶阿桂，而二奶奶當下也想不出什麼好法子。不過阿虎至少看出二奶奶要的是伍府的面子，「二奶奶，妳看這樣好不好？先讓阿桂回家，然後買個店給她，讓她做老闆，這樣阿桂就從下人的身分，提升為一個老闆，再讓她過門……」

「什麼？……」二奶奶大聲叫出來，眼裡又是一團怒火。

「二奶奶，我是永遠站在您這邊的，您先聽我說完。」

二奶奶氣得再轉向窗外。

阿虎接著說：「這樣伍爺娶過門的，就不再是那種下三濫的女人，整個珠海不但不會笑話伍府，還會誇您二奶奶大量！不只是成全了伍爺，還讓阿桂一個窮苦的鄉下人，改善了她一家人的窮苦環境，您在珠海的口碑，馬上就是一個有肚量的大善人！等阿桂過門以後，她一個十幾歲的小孩子，還玩得過您二奶奶嗎？到時候，您要怎麼整死她都行，讓她比死還痛苦！」

二奶奶慢慢轉身看向阿虎，「你還真行啊！能把壞事攪和成好事。」拿起桌上的茶再喝一口，考慮了好一陣，才開口：「你去和伍爺說，今晚就還阿桂自由身讓她回家，你去找一個像樣的店面，以阿桂的名子頂下來，讓珠海的人都看到阿桂在店裡當老闆，一個月後才能讓她過門。阿桂過門前，伍爺絕對不許再和她見面，伍府要明媒正娶，而不是私通茍合。阿桂頂下店面的錢我來出，找店面的事你去辦。你能說服伍爺我就留下，不能，我今夜就走。」

「您這麼做，對伍爺是一大恩情，伍爺不會不同意的。二奶奶您稍等，我現在就去和伍爺說。」阿虎走出書房，快步地找伍爺去，少許擔心二奶奶等久了會沒耐性變卦走掉。

阿虎來到飯廳，見伍爺逍遙地喝著酒。
阿虎先把下人都支開，在伍爺身旁坐下，小聲地對伍爺

道出二奶奶的條件，不讓人聽到。

伍爺：「你還真行啊！妳二奶奶都走到大門口了，還能讓你給留下。」

阿虎：「二奶奶只要求阿桂在店裡做上一個月的老闆再過門，讓珠海的人都見到伍爺您要娶的阿桂，她身分不是個下人。」

「什麼話！」伍爺不太高興，「連你也搞不清楚誰是伍府當家的，我要什麼時候成親還得她同意，你爸要想明天成親的話就明天！」

「伍爺，我們還有很多生意，都要靠二奶奶打理，要不是二奶奶能幹，你哪裡有時間到處去喝花酒、推推牌九？更何況二奶奶這麼做是為了伍府的面子，不是為她自己。就算一般娶新娘過門，也要看個黃道吉日，等上幾個月，你才等一個月，算快了！」

伍爺摸一下自己滿是胡渣子的下巴，看向阿虎。

「伍爺，這樣對你和對伍府，很合算！」

「浦你母！還要你爸等一個月……」

「有二奶奶幫你管著生意，你到花滿樓走走，四處吃吃喝喝，一個月很快就過了！」

伍爺喝下一口酒說：「你立刻給我找個店面，排好黃道吉日，一個月以後我要阿桂馬上過門。」

阿虎的心總算放下，「好！伍爺，我明天一早所有的事

都不管，先把妳和阿桂的事辦好。」

「嗯！下去吧！」伍爺痛快地一口喝盡杯子裡的酒。

阿虎立刻站起來，快腳步地走回書房，告知二奶奶伍爺答應所有條件，「阿荷！」阿虎在書房裡叫著。

阿荷走進書房。

阿虎：「伺候二奶奶回房，讓二奶奶早點休息！」

阿荷伸出手，讓二奶奶扶著她回自己房間。

阿虎走出書房，見二奶奶走遠，再叫：「呂管家！」

沒一會，呂管家來到阿虎面前。

阿虎：「呂管家，您真是了不得呀！從頭到尾沒看到你的人，兩邊都不說話，兩邊都不得罪啊！」

呂管家不好意思地笑著，「這……我管房子、管下人，伍爺和三位姨太之間的事，我不方便管！」

「你難道不知道二奶奶走掉的話，伍府就會變天嗎？四個下人拉著二奶奶衣服拉拉扯扯，這麼失禮的事，你也不喝止！」

「我……我不知道呀！」

「把大門口二奶奶掉一地的衣服和行李弄乾淨送回去。」

「是……是……」

阿虎回家前，特意再來到二奶奶房門外，「二奶奶，我

阿虎，我就先回去了，您早點休息！」

「嗯。」二奶奶的聲音從房內傳出。

過了好多年後，我才知道我過門伍府前一個月那晚整件事的來龍去脈。

二奶奶要的是伍府和自己身為伍府二姨太的面子。

虎哥要的是洪門碼頭幾百個兄弟的飯碗；他要能養得起手下一班人馬。

我很快懂得，當人與人之間發生矛盾，只要摸索出對方最深層裡要的是什麼，就可以提供他的需求解決矛盾，你們還有可能做上一陣子的朋友。

我回家告知阿娘，一個月後伍爺要娶我過門，雖然阿娘高興從此一家人可以靠伍爺脫離窮困，卻也擔心我一個鄉下來的孩子，會不會在洪門家族這種江湖環境受到拖累。

　　二叔說；「先填飽肚子再說吧！」

　　阿虎在城中買下一間不大不小的米鋪，連帶鋪頭裡四個夥計一起接手。我第三天就和阿娘當上了米鋪老闆，對生意一竅不通，還好虎哥每天都帶幾個兇神惡煞的手下來到米鋪裡巡視、查帳，教我和阿娘管帳，那四個夥計才不敢在帳目上亂來。

　　阿虎來到碼頭找伍爺，伍爺正和幾個手下在倉庫裡推牌九。

　　阿虎看伍爺推完一把後，趕快走上前，「伍爺，日子挑好了，下個月初九，不過……」阿虎吞吞吐吐沒再說下去。

　　伍爺叫身旁一個手下過來接他的莊，和阿虎走到一旁人少的地方，拿出一支煙，阿虎立刻掏出火柴，幫伍爺點上。

　　伍爺吐了一口濃煙說：「怎麼樣？」

　　阿虎：「我找城裡盲仔神算敲的日子，他說下個月初九未時入門最好，他還排了你和阿桂的八字，他說……」

伍爺往身邊吐了一口痰，「做什麼婆婆媽媽的？快說，你害我這一把沒推上！」

「他說阿桂的八字比你硬，不太好！」

「浦你母！我不信這個。」

「你五十四歲的時候流年有沖，最好送阿桂離開伍府，越遠越好，等過了五十四歲再讓她回來。」

伍爺又吐了一口痰，「浦你母！你不會找其他算命的重新排嗎？等找到可以排好我和阿桂八字的再回來見我。」

「是，伍爺。」

每天正午的時候，阿娘都會回家做飯，等家裡的男人們回來吃，再帶一些到米鋪給阿桂和四個夥計吃。

今天不到正午，阿娘剛回去做飯，米鋪就來了一個媒婆和四個人挑著扁擔，把大大小小用紅紙包的禮品抬進米鋪裡。

媒婆：「您是周老闆嗎？」

阿桂：「是。」

「我是媒婆，我姓林，來提親的。這些是伍爺吩咐的聘禮。」指著身後一箱箱的禮品，「下個月初九未時，伍爺會有紅花大轎到您府上接您過門。」

「哦！」阿桂想，不是都說好了嗎？怎麼又派人送禮通知一次，是不是怕我忘記啊？

「恭喜！恭喜！您能嫁給伍爺做四姨太，真是恭喜！」媒婆兩隻手握在阿桂面前，笑得不亦樂乎！

阿桂對媒婆傻笑，一直點頭。

「恭喜！恭喜！您和威震珠海的伍爺，真是郎才女貌，佳偶天成！」媒婆不斷地對阿桂祝賀。

阿桂想，這個人怎麼像是在拜年！還不走。

米鋪其中一個夥計來到阿桂身邊，在她耳邊說：「周老闆，禮數上應該給她一個紅包。」

「要給多少？」阿桂問。

「三塊錢就夠了。」

「妳去抽屜裡拿三塊錢來。」

夥計跑到抽屜裡拿了三塊錢給媒婆，「不好意思！沒有紅紙。」

「沒關係！沒關係！」媒婆說，「心意到就行了。」把錢收下，笑嘻嘻的調頭走出米鋪。

米鋪四個夥計接著上來，不停地恭喜阿桂。阿桂又問剛才的夥計，「要給多少？」

「周老闆，自己人不用給，過門那天請我們全家人上伍府吃一頓就行了。」

「哦！」阿桂說，「你們看著店，我一會就回來。」阿桂要趕緊跑回家問阿娘，這些堆在米鋪門口大大小小的禮品怎處置？家裡這麼小，拿回家也放不下。

回到家門口，門竟然推不開，鎖著。

難道阿娘去買菜還沒到家？不會呀，都好一陣子了！門還是從裡面鎖的。

走到後巷，撥開窗縫一看，阿娘和二叔兩人在草席上一絲不掛地緊抱著。

這個景象如同大錘般重重地敲擊著阿桂內心，阿桂調頭就跑，想要跑出自己的內心、跑開烙在腦中的這一幕，卻只能跑出珠海西城大門，跑不出自己。

我沒對任何人說起這件事。

後來我幫手管理伍爺的妓院，才自然地明白男男女女之間的事，更明白男女間需要填滿內心情感的空間，心裡便很快原諒了阿娘和二叔。

未時一到，鞭炮和吹吹打打的聲音，從遠處漸漸傳來。

　　阿娘將我蓋上頭頂的紅巾，扶我慢慢走出門上了大轎。雖然我知道轎子是要抬往熟悉的伍府，雖然我當時恨透阿娘和二叔私通，可是當轎子抬起的那一刻，我竟然流下了不捨的眼淚。

　　到了伍府大門，媒婆先打開一把紅傘幫我遮住日頭，再扶我跨過門檻。

　　第一次進伍府是被下人都看不起的下下人，可至少還有三餐夠吃的溫飽。這第二次進入伍府，卻是痛不欲生的煉獄。

　　和伍爺拜天地之後，我就坐在伍爺身邊，連吃飯也不能把紅頭巾掀起。還好阿娘坐我旁邊，一直幫我夾菜，不然這半天下來準餓死。

　　一頓飯吵吵鬧鬧的，終於吃完，進洞房時，伍爺已醉得被四個人抬進房。

　　伍爺醉酒的鼻鼾聲如同打雷，躺在他旁邊，我整晚都無法入睡，終於等到天亮。一個陌生的聲音來敲門，「伍爺，四姨太，請到飯廳用早飯！」

我一開門走出房，「四奶奶，我是您的丫鬟，我叫阿娥。」我竟然有自己的丫鬟，做夢都想不到！整個人飄飄欲仙，如同在夢境般。但是這夢境就只那麼一下，便立刻破裂！

來到飯廳，怎麼沒有人？每天早上，都是伍爺和所有姨太在這裡一起吃飯的。等了好久，肚子實在是太餓了，先吃一碗粥再說吧！

當一碗粥快吃完，一個巴掌重重地打到臉上，被打得可真是又疼又暈。

腦子都還沒清醒過來，就聽到二姨太在一旁罵到：「沒規矩了！我還沒吃妳就敢先吃，讓大家在大廳等妳這麼久，妳倒是先吃起來了！沒有規矩，下人就是下人，做了姨太還是個下人！」

我眼淚馬上流下來，還不敢哭出聲。

二姨太走出飯廳，竟然阿荷姐也對我說：「沒家教！一個下人還敢過門做伍府的姨太。再不到飯廳，有妳受的！」

我的天！怎麼阿荷姐像變了一個人？連她也欺負我！

摸著還發麻的半邊臉，緩緩來到大廳，大夫人、二姨太、三姨太，都坐在那裡。

大夫人：「別哭了！妳過門第二天一早，就應該跟我們先行跪禮，才有規矩，」

我跪到大夫人跟前，邊哭邊叫出：「大夫人！」

「嗯，」大夫人說，「以後都是一家人，大家好好相

處，把這個收下。」

大夫人給了我一個玉手鐲，說：「再跟二奶奶跪。」

我站起來，挪到二奶奶面前跪下，「二奶奶。」

二奶奶狠狠地說：「我告訴妳，從今天開始，有妳受的，我要妳後悔進伍府這個大門！」

大夫人看了不斷地搖頭嘆氣。

二奶奶再說：「幹什麼！這麼沒規矩還想拿見面禮啊！沒出息的下人！」

我站起來，再跪到三姨太跟前，「三奶奶。」

三姨太：「好啦！好啦！吃飯吧！我等妳等得都快餓死了。」站起來朝飯廳走去。

二姨太站起來，經過我身邊的時候，又來狠狠的一句：「我非把妳給整死不可，給我小心一點！」

等三位夫人走出大廳，阿娥過來扶起我，「四奶奶，走吧！不然去晚了又要被罵。」

到了飯廳，二奶奶拿起一根湯匙朝我身上丟過來，「浦妳母！還要我們等妳啊！妳比我們還大是不是？」

大夫人：「二妹，好啦！」

我坐下，邊吃邊哭。

三姨太：「夠啦！一大早的，把我心情都哭壞了。」

從此，在伍府只要一碰到二奶奶，她就會對我百般羞

辱，伍爺不在的時候，還會對我動粗，一個月後，我連自殺的念頭都有。

我的丫鬟阿娥年紀比我還小，什麼都不懂，根本一點幫不到我。我去找大夫人求助，大夫人說：「我也管不了她，妳就忍忍吧！」

我只要一受二奶奶的氣，就坐到房門口的台階上哭，伍府上下沒有人不知道，我在伍府的日子，還不如當初一個下人。

這一天，我被二奶奶拿竹藤打，有一下竟打到我臉上，當我又坐在房門口的台階上哭時，虎哥經過，走到我面前看了一下，「有沒有打到眼睛？我看看。」

我把頭抬起來，虎哥看了說：「還好沒打到眼睛！」可是看我兩眼哭得紅腫，又說：「別哭了！再哭就瞎了。」轉身走開。

阿虎走沒幾步，又聽見阿桂的哭聲，頓時動了一絲絲的憐憫，再走回來，「要不要到碼頭學做事，這樣在府裡的時間就不會那麼多了。」

阿桂看著阿虎說不出話，只是邊哭邊點著頭。

阿虎輕嘆了一聲走開。

三天後，二奶奶到碼頭查帳。

阿虎等二奶奶查完帳後，過來跟她倒茶，「二奶奶最近看起來不太高興，有什麼事阿虎可以幫您效勞的？」

　　二奶奶笑著說：「我每天對阿桂又打又罵，不知道多開心！」

　　「二奶奶您對阿桂又打又罵，還真累人，妳看要不要換個方法折磨她？」

　　「你有什麼方法能讓我更痛快的？」

　　「您看看外面那些下貨的工人，烈日當下，每天僅僅為了一口飯，被太陽蒸得只剩皮包骨，不如讓阿桂來體驗一下，就跟伍爺說讓阿桂到碼頭來學做事，看她是不是塊料，以後生意多個自己的人手管比較放心。我看阿桂她做個幾天就中暑昏倒了，到時候妳不又有理由罰她。」

　　二奶奶開心得看著阿虎，「行啊！你還真是有一套。」

　　隔天，吃早飯的時候，二奶奶說：「等一下妳到碼頭找阿虎，他會給妳事做。」

　　我心中開心得要命，做什麼也比留在府裡受二奶奶的苦毒好！

　　伍爺在一旁說：「她能做什麼？」

　　二奶奶：「能做什麼就做什麼，總要學著做，以後生意讓自己人管我比較放心！」

我趕緊吃完早飯，等不及的要離開伍府。

到了碼頭，阿虎帶我到一艘船上，對一個工頭說：「阿鬼，比較輕的東西讓她搬。」

阿鬼：「虎哥，她一個小孩子行不行啊？」

阿虎：「行。」

我跟著阿鬼和他手下一群工人，一起上貨、卸貨，到了中午和他們一起吃菜湯泡飯。

二奶奶到碼頭來看過好幾次，每次都帶著笑容離開。每天清早看阿桂變得又黑又瘦了，也比較少找她麻煩。

有一天，阿虎看二奶奶開始少來碼頭了，便把阿桂叫到辦公室。

阿虎：「妳知不知道為什麼有些苦力戴斗笠，有些不戴？」

阿桂想了一下，「戴的怕曬，不戴的不怕曬。」

阿虎搖頭，「這麼大的太陽，沒有不怕熱、不怕曬的；再想想。」

阿桂搖搖頭，「不知道。」

阿虎：「一頂斗笠要兩分錢，沒戴的人是買不起。」

阿桂想像不到，還有比她以前更窮的人。「他們不是有薪水嗎？」

「很多人薪水一到手，就要給家人吃飯、還債，沒有多

餘的一毛錢。」

「居然有這麼多窮到如此田地的人！」阿桂心想。

吃中飯的時候，阿桂去買了一頂斗笠，「有斗笠戴真的舒服太多了！」

過沒幾天，阿鬼沖進辦公室找阿虎。

阿鬼：「虎哥，阿桂是伍爺的四姨太，這是真的假的？」

「是啊！」阿虎說。

阿鬼揪起臉，「虎哥！你這不是害我嗎！把她放到我這裡……」

「二奶奶說讓她來學些事情做，以後碼頭的事要讓她管。」

「天啊！」阿鬼的臉揪得更苦，「還是二奶奶吩咐的！虎哥，我平時也沒得罪你，你別整我了，快把她從我這裡調走吧！」

「那怎麼行！二奶奶吩咐的。」

「二奶奶有說要把她放到我這組嗎？」

「沒有。」

「那不就是囉！」阿鬼手掌合在胸前，「拜託！拜託！你別這樣，晚上我請喝酒。」

「喝酒就不用了！人我也不會調走，你看著辦吧！」阿虎喝了一口茶說：「出去，我有事要忙！」

「啊！！」阿虎心頭壓著一塊大石頭走出辦公室。

從此後，阿鬼不讓阿桂搬任何大小貨，只叫她在一旁太陽曬不到的地方坐著。

阿桂來找阿虎，「阿鬼不讓我搬貨。」

「是阿鬼不讓妳搬，又不是妳不搬。」

「我怕二奶奶看到我沒做事會罵我。」

「那妳自己想法！我又不會罵妳。」

阿桂想了一下，叫丫鬟阿娥待在碼頭拖吊機最高處，一看到二奶奶的車開來，就立刻下來通報她，她才趕快脫下斗笠，找一些重木頭、粗繩子搬上搬下做些粗活給二奶奶看。

幾個月後，阿虎看阿桂總是坐在那裡沒事幹，又可憐她。於是叫人教她登記上下貨，還有管帳。三個月後，阿虎讓阿桂自己做一小部分的文工，阿桂生怕做錯，碼頭不讓她待，又要回家給二奶奶虐待，於是特別用心。一個月下來，阿虎每天查阿桂做的表，竟然沒出半點錯誤，於是交給她做的文工越來越多。一年後，因為阿桂做得好，阿虎把大部分的文工都交給阿桂，自己只是偶爾抽查。阿虎還看見阿桂要其他管帳的人教她打算盤，她沒事就練，就背算盤打法；阿桂連睡覺都在念算盤的乘法表。

阿虎想：阿桂這個鄉下人雖然識字不多，可是數字的活倒還行，學得還很勤快！

　　兩年過去，阿桂把碼頭裡裡外外所有大小活都摸得一清二楚，做事比誰都謹慎，阿虎要查帳看表，只要問阿桂就行，不必去翻本子。

　　有一天早上，二奶奶吃早飯的時候對阿桂說：「等一下到碼頭叫阿虎把去年十月和十一月的帳本拿來，我要看富通鹽商的進貨記錄。」

　　阿桂順口說了幾句：「富通鹽商十月沒有靠港入貨，十一月靠港三次，分別在初六上了兩頓，十九號上了四頓，二十八號上了兩頓半，都在第二天一早就把貨提走，沒算貨倉停放費，一共是一百六十七塊現大洋。」

　　所有人都把筷子停下來，互相看了一下。

　　二奶奶馬上回過神，看伍爺昨晚沒回來，便走到阿桂面前狠狠扇了她兩巴掌，破口大罵：「我叫妳去碼頭做苦力，誰叫妳管帳的？妳是久了沒打找打是吧！馬上叫阿虎來見我！好，妳喜歡管帳是吧？今天開始到妓院去給我管帳，少了一分錢，我就把妳吊起來打！」

　　大夫人搖頭嘆氣，馬上提起手中的佛珠開始念經。

　　三奶奶：「把碼頭的帳摸得這麼清楚！小心她偷錢啊！」

阿虎看到我哭哭啼啼來到碼頭，一問怎麼回事，又氣又急得對我說：「妳怎麼這麼笨啊！妳有本事也不能讓討厭妳的人知道呀！」

　　虎哥當天就帶我到妓院去，當天第一晚就看盡男人最醜陋的一面，幾乎讓我不想多看任何男人一眼。

　　「有本事也不能讓討厭我的人知道。」我一輩子都忘不了這句話。

●　●　●

　　虎哥把我帶到妓院，特別囑咐管妓院的老大－牛頭明，
要他看好我，不可以讓任何人對我不敬。

　　妓院一般是午後開張，快天亮打烊，我照妓院營業的
時間去開工，六天後伍爺才覺得怎麼好幾天不見我，一問之
下才知道我在妓院。伍爺到妓院走了一趟，問我要不要去煙
館管帳，那裡比較輕鬆。為了不讓二奶奶不高興，我說不用
了，在這裡可以。

　　伍爺說：「那好！牛頭明一幫人會看著妳，在這裡學一
些東西，以後八間妓院都讓妳管。」

　　管妓院比管碼頭簡單多了，嫖客來就先收錢，嫖客走
叫妓女快清理好出來接客，嫖客搞得太久叫人去敲門喊一聲
「時間差不多了！」。而這些事，除了收錢，其他的都不用
我做。

　　很快進入暑夏，我才明白二奶奶要我來妓院吃的是什
麼苦。

　　天氣一熱，連晚上吹來的風都是熱的，從早到晚一身汗
不說，碼頭附近的妓院全是苦力上門，他們一身的汗酸味，
搞得整間妓院都蔓延著酸臭；最難以忍受的是蒼蠅，到處都

有一大堆蒼蠅在飛旋著，只要我扇子一停下來，難以數計的蒼蠅就會朝我迎面飛來，妓院的衛生一下變得難以想像的噁心。如果有汗臭味特別重的嫖客上門，我聞了會甚至想吐。

牛頭明看我不停地搧扇子，隨口說了兩句：「撒一些樟腦水在衣服上，蒼蠅就不敢靠近妳了！」

他這兩句話救了我，我買了樟腦水灑在衣服和褲子上，蒼蠅只會在我周圍飛，不敢貼到我身上。我再將樟腦水灑在一塊布上，將布披在頭上，這下蒼蠅連我的臉也不敢靠近，我終於徹底戰勝了自己！這個暑夏，就這麼在蒼蠅聲中平安得渡過了。

剛剛迎接美好的涼秋，命運就是不讓我好好地喘口氣。

一個乾瘦的男子犯了煙癮，跑進妓院裡來搶錢。我看著這個人一對深黑的眼圈，流著鼻涕拿著一把水果刀指著我。

牛頭明深怕我會受傷不好跟伍爺交代，在一旁吼著：「瘦龜，你要錢抽大煙我給你，不要碰四奶奶！」從口袋抽出一疊鈔票，慢慢地走過來要拿給瘦龜。

瘦龜一聽我是「四奶奶」，馬上說：「四奶奶？拿十個袁大頭來！」

「好！好！」牛頭明馬上說，「我給你！我給你！」

牛頭明從身上找出四個袁大頭，「瘦龜，我現在只有四個袁大頭，我再把妓院今天賺的全給你，這樣好不好？」

瘦龜：「那有多少？」

牛頭明：「四奶奶，不要怕！妳把抽屜裡面的錢都放到桌上給他。」

我正低頭打開抽屜的時候，裡面兩個嫖客走出來，瘦龜轉頭一看，以為是牛頭明的手下要靠近他，向前把刀子伸到我的脖子上大叫，「別過來，我殺了她！」

這兩個嫖客是斧頭幫的工頭，也不知道我是伍爺的四姨太，「我丟你老母！」一腳往瘦龜的肚子踢下去，另一個工頭則上前去揍瘦龜，兩個人靠在桌邊就在我面前拉扯。正當牛頭明要過來把我拉開，其中一個工頭抓住瘦龜的手，要從他手裡拔出水果刀，結果抽得太大力，甩到我面前，在我眉毛上畫出約有三寸長的破口，一時鮮血流滿我半個臉。牛頭明嚇破膽叫了出來！

兩個斧頭幫的工頭把瘦龜壓在地上打個半死，一直打到瘦龜頭破血流，煙癮又犯，在地上抽蓄起來。

牛頭明脫下自己身上的衣服幫我止血，「快叫黃包車！」

幾個看場子的立刻衝到外面去叫黃包車。

兩個斧頭幫工頭走過來，「牛頭明，不好意思！你看到了，都是意外來的。」

牛頭明壓著我的傷口，看著他們兩人，「這個我沒辦法做主，她是伍爺的四姨太。」

斧頭幫兩個工頭的臉色馬上變綠，說不出話。

牛頭明的手下跑回來大叫：「老大，黃包車來了！」

牛頭明：「壓住她的傷口！壓住她的傷口！」

一個手下壓住我臉上的傷口，牛頭明把我抱上黃包車。

一路上牛頭明跟在黃包車旁邊跑，一隻手伸到黃包車裡面壓著我的傷口，就這樣滿頭大汗一直跑到醫院。

兩個斧頭幫工頭商量了一下，一個到醫院付我的醫藥費，一個趕回去找斧頭幫老大。

伍爺身邊跟了二十幾個打手帶著傢伙沖到醫院，「四奶奶人呢？」伍爺大叫。

斧頭幫工頭一看伍爺這個陣勢進來，馬上腿軟，一勁子坐到牆邊的椅子上站不起來。

牛頭明走到伍爺面前，「在動手術……」滿頭大汗不斷地跟伍爺解釋怎麼回事。

伍爺聽完往牛頭明身上拳打腳踢，大罵：「浦你母！連四奶奶一個女孩子都看不好，你還能幹什麼！」

斧頭幫工頭這時手腳發抖，連想跑的力氣都使不出來。

伍爺推開手術室的房門走進去，看了阿桂一下，馬上又被護士請出來。

伍爺在手術室門口大叫：「浦你母！斧頭幫那兩個人呢？」

牛頭明的手下，指向坐在椅子上的工頭，「在那邊！」

二十幾個打手朝工頭走過去，這時斧頭幫老大身邊跟著六、七個手下來到醫院，一直走到伍爺面前。

伍爺狠狠得瞪著斧頭幫老大，「阿鏗，在裡面躺的是我的女人，已經破了相，你要怎麼辦？」

醫生從手術室走出來，「誰是伍林阿桂的家屬？」

伍爺走到醫生面前，斧頭幫老大跟在後面。伍爺對醫生說：「我是她男人。」

醫生：「沒事了！縫了十六針。流血過多，休息幾天就可以了。三個月以後回來拆線。」

伍爺：「會留下傷疤嗎？」

醫生：「沒辦法！刀子畫的太深了。」

伍爺：「我可以進去看她了嗎？」

醫生：「我們先把她轉到病房，你們可以到病房看她。」

斧頭幫老大：「醫生，給她最好的病房，最好的藥，費用我會負責。」

伍爺轉向斧頭幫老大，「負責？」接著吼出來，「讓我在你老母臉上畫一刀，費用我來負責怎麼樣？」

醫生馬上叫出來：「這裡是醫院，你們不要大聲！」

醫生叫完馬上被伍爺的二十幾個手下打得不省人事，「知不知道你在跟誰說話！」手下打完在醫生身上吐了口水

臭罵。一旁幾個護士，看醫生被二十幾個兇神惡煞拿傢伙打的全身是血，全都嚇得腿軟，還有嚇到拉尿的。

斧頭幫老大看醫生被揍完以後，沒有一點畏懼，對伍爺說：「先把四夫人送到病房安置好，看她還需要什麼。」

伍爺還是瞪著斧頭幫老大，深深吸了一口氣，轉向護士說：「把我的女人送去病房。」

三個護士手腳發抖進去手術室，還有一個護士腿軟走不動。

護士把阿桂推到獨立病房，兩幫打手在病房外紅眼相對，似乎隨時可以開打。

阿桂的麻藥還沒退，仍在昏迷當中。

伍爺一個人在病房內，看著阿桂躺在病床上，半邊的臉被紗布包住，心中的憤怒轉為內疚，「都是我太怕二奶奶了，她叫妳到碼頭做苦力的時候，我就應該罵她，哪有伍府的姨太去做苦力、看妓院的。唉！還好沒有刺到眼睛。等妳回家，我絕不會再讓妳二奶奶苦待妳……。」

伍爺走出病房，看見斧頭幫又來了幾十個人。

斧頭幫老大來到伍爺面前，「四奶奶怎麼樣？」

伍爺眼中的怒火再次燃燒起來，「把刺傷我女人的那個交出來。」

斧頭幫老大：「都已經發生了，而且是意外，讓我

擺一百桌酒席，當天用轎子到伍府接你全家大小，再給八百八十八塊大洋紅包，醫藥費我負責到底，行不行？」

伍爺瞪著眼說：「我不管你現在又來了多少人，你要是再廢話不交人，我現在就幹掉你！」

伍爺說完，兩邊人馬立刻沸騰起來，全都抄出傢伙。

斧頭幫老大看著伍爺雙眼，很快地想一下，搶在伍爺喊開打之前說：「大劉，過來！」

工頭大劉冒著冷汗，慢慢走到幫主身邊。

斧頭幫老大：「你都看到了，不是我不幫妳，能做的我都做了，你自己幹的，自己擔。」

大劉睜大眼看著幫主，兩只發抖的手抓住著老大，差點跪下來，「老大，你救救我！一定還有其他辦法，救救我！你把我交給他們，我一定過不了今晚……我跟了你這麼多年……」

斧頭幫老大把大劉的手甩開，轉身走掉。大劉跪到地上，看著自己的老大走掉，不斷地叫，「老大！老大……」直到看不見他的背影。

斧頭幫的人馬沒有一個留下，伍爺看大劉跪在地上，蒼白的臉上只有絕望，大喊：「把他帶到倉庫去！」

大劉被拉起來，拖到伍爺碼頭的倉庫，一路上幾十個人圍著，他一點逃跑的機會都沒有。

從此工頭大劉消失在這個世界上。

斧頭幫老大早知道這件事會這麼收場，也知道他開的條件會被伍爺拒絕。他心中盤算過，區區一個工頭，隨時找得到人頂替，不值得花太多錢去擺平。兩邊如果開打，可能沒完沒了，人手死傷的開銷，手上的生意和碼頭的作業都會停頓，不合算。開個條件，只不過是做給兄弟們看，不是我不管，是伍爺不要，錯的是大劉在先，我也算仁至義盡，意思到就行了！

阿桂回到伍府後，伍爺對她特別呵護。二奶奶每天看到阿桂臉上一條長疤，由額頭劃過眉毛的破相，沒有再苦待她。

伍爺擔心自己不在府中時，阿桂會再遭到二姨太虐待或陷害，於是每天把她帶在身邊。伍爺自己管賭場，阿桂在他身邊除了看盡賭徒百態，還看到賭場怎麼經營，人手怎麼管理，如何設賭、詐賭、假賭，沒事的時候，伍爺為了討阿桂開心，教她怎麼出千、抓千。阿桂還看伍爺平時如何對待手下，軟硬兼施。最巧妙、最無形、最權威的，是伍爺一個人如何同時掌控一個碼頭、上百艘船和幾十家生意，這些事情在阿桂眼前，日復一日地感染著她。

●　●　●

夜色漸暗。

賭場的生意逐漸熱鬧起來，伍爺和阿桂在賭場後面的一個房間裡，剛吃完晚飯，阿桂坐在伍爺大腿上，和伍爺打情罵俏。

外面兩個手下抓了一個男子，其中一個抓著他的頭髮把人拖到伍爺面前來，「伍爺，這個人出千！」

伍爺：「怎麼沒見過你，哪個碼頭的？」

男子馬上說：「我認識福興堂左護法狗達！」

「什麼？」伍爺嗓門馬上大起來，「是他叫你來的嗎？」

「不是，不是！我只是認識他！」男子臉色很難看。

伍爺：「他賭什麼？」

手下：「骰子」

伍爺：「身上的錢都搜出來了沒有？」

手下：「都搜出來了。」

伍爺：「棍子拿來。」

一名手下把男子的手掌抓到桌子上，男子使勁搖頭，「伍爺，伍爺，您放過我！您大人大量，我以後不敢了……」

伍爺突然心血來潮說：「照規矩一手五棍，這樣吧！這個房間裡有四個人，你自己挑一個打你。」

男子：「那……那……姑娘打。」

伍爺把阿桂從自己大腿上抱到一旁，「去拿棍子。」

阿桂變了臉色，「不要啦！我不要。」

伍爺：「她不要，你再挑一個。」

「啊！」男子苦苦哀求阿桂，「姑娘，我求求妳打我吧！他們任何一個人打都比妳重，我是做裁縫的，要是讓他們打我，我的手指一定會被打斷……」

伍爺用下巴指向男子，對阿桂說：「去！凡事都有第一次。」

「姑娘，我求妳打我吧！求妳行行好啊……」

手下把木棍交到阿桂手上。

阿桂第一下打在男子手背上，力道不重，男子已經痛得頭冒冷汗，哎哎大叫。

「不算！不算！」伍爺說，「太輕了，這樣他下次還會再來。」

阿桂很難受，實在打不下去，伍爺馬上拿過阿桂手中的棍子，大力得往男子手背上敲下去。

「碰！」桌上打出大大一响聲，嚇得阿桂的一對肩膀提了一下。男子抽出自己的手，痛得在地上打滾。

伍爺：「照這樣打下去才行！」，對手下說，「再來！」

兩個手下把男子抓回桌子邊，拉出他的手掌放回桌子上。

阿桂使出勁打下去，又是「碰！」一聲。

當阿桂打完一隻手五下，男子的臉已經發紫，流出不少眼淚。阿桂再也打不下手，把棍子交給伍爺。

伍爺笑了一下，把棍子丟給其中一個手下，「快點打完！」

等兩手各打完五下，阿桂看男子的手已經紅紫腫漲又流血。

阿桂想：他……他的手還能再用嗎？

一年後，阿桂看到這男子又回到賭場，兩只手不太靈活，還繼續賭。阿桂特別注意他的手，看上去大部分手指已經變形沒反應，用僅僅還能動的兩、三根指頭，抓起骰子搏殺，雙眼透露出亢奮與起落的生命力。

伍爺也好賭，衷心牌九，每當賭癮犯的時候，就會到賭桌上坐莊。

阿桂受傷以後，伍爺心疼阿桂，到哪都把阿桂帶在身邊，兩個人無時不刻黏在一塊，阿桂就像是伍爺的小情人似的，連上賭桌的時候，也把阿桂帶在身旁。

阿桂看伍爺如何做莊，在賭桌上如何贏牌，如何虛張聲勢，如何出千。平常只要和伍爺聊到賭，伍爺就會興奮不已，並且教阿桂在賭桌上如何察言觀色，如何鎮定，如何

碼頭

075

大殺四方。對伍爺來說，上了賭桌，是另一個戰場，它輸贏太快，一把接一把，輪到你贏的時候，就會有絕處逢生的狂喜，那種刺激和渴望，那種勝利，都屬於你自己一個人的。

時間久了，伍爺偶爾會叫阿桂做莊，看看教了阿桂這麼久，有沒有得到他的真傳。只要阿桂有「通吃」的一把，伍爺就會興奮得大笑不停。

這一天，阿桂跟著伍爺去巡煙館。

走到第三家煙館，伍爺在裡面轉了一圈，看不到這家煙館的管場，於是問煙館裡跑腿的：「常仔呢？」

「不知道。」

「你今天什麼時候來的？」伍爺再問。

「差不多天一暗就來了。」

「有沒有看到常仔？」

「有，我來了沒多久他就出去了。」

「他沒說去哪？」

「沒有，這陣子他晚上常出去。」

伍爺對一旁的保鏢說：「去把常仔找來。」

伍爺又巡了幾間煙館，回到賭場。

過了一個時辰，保鏢跑回來說：「找到常仔了！他在南嶺街。」

「他在南嶺街幹什麼？」伍爺有些意外，怎麼不叫他來見我？」

「他抽大了，不省人事。」

伍爺不太相信，「帶我去。」

南嶺街是位於伍爺地盤邊界外的一個廢區，因為它旁邊一大片空地在道光年間變成亂葬崗以後，周邊的房子都租賣不出去，屋主們都放棄了房子，不再翻修，那裡很快成為乞丐和難民的落腳地。英國人將鴉片引進珠海後，南嶺街也成了窮煙鬼的墮落之處。

兩個保鏢拿著火把走在前面，領著伍爺和阿桂走進南嶺街，阿桂馬上感受到南嶺街的髒臭還有詭異。灰暗街上兩旁的乞丐和廢棄的屋子，看起來應該叫它做乞丐街。

大家走進一間廢棄屋的大門，跨過幾個躺在院子地上睡覺的乞丐，來到一間屋子裡，阿桂看到四個鬼，差點嚇破膽，想要回頭往外跑。

一個保鏢拿火把走近其中一個鬼，伍爺慢慢向前走去，幾個巴掌打在那個鬼臉上，「常仔！常仔！」

原來這四個不是鬼，每個人瘦的兩頰凹陷，眼眶深黑無神，還披頭散髮，他們任何一個人走出南嶺街都會被人誤認是鬼！

「把他帶走。」伍爺說。

我恨不得立刻就衝出這間屋子，離開南嶺街這個地獄，一刻都無法多待！

常仔被帶回煙館，潑了冷水後，還是昏迷。伍爺在等常仔甦醒的時候，查了帳本，翻開抽屜數錢，又點了庫存的鴉片，「浦你母！把帳搞得亂七八糟！」

伍爺想不透，常仔跟了他十幾年，都沒出過什麼問題，而且常仔還是有家室的人，生活比多數人安定，怎麼會搞到南嶺街去？他到底出了什麼事？「去把常仔的女人叫來。」

常仔的媳婦和兩個孩子已經睡下，被伍爺的保鏢叫醒，常仔的媳婦不放心兩個小孩單獨在家裡，於是牽著孩子跟保鏢來到煙館。一進煙館看常仔一身濕淋淋昏迷在地，馬上就跑過去驚慌失措地搖著常仔。

常仔怎麼搖都搖不醒，媳婦以為常仔是被伍爺打昏，回頭看伍爺，「常仔做錯什麼事啊？」

伍爺：「我還想問妳，我們在南嶺街發現他的時候他就這樣，大煙抽過頭了。」

「啊？南嶺街！」媳婦想不到常仔會到南嶺街。

「我問妳，家裡最近是不是缺錢還是出了什麼事？」伍爺明白一般抽煙抽很大的人，不是壓力太大，就是太閒。

「沒有啊！他都按時拿錢回來，也沒聽他說過有什麼

事？」

伍爺想不透地看向地上的常仔，自言自語：「那是怎麼回事？」

「不過……我十來天沒見他回家了，我叫孩子到煙館來看，孩子說他阿爹都在煙館裡，我也就沒太在意……」

常仔過了一個時辰才醒來，煙館的人跑到賭場去找伍爺，阿桂又跟著伍爺回到煙館。

常仔看起來一臉懶懶散散，似醒非醒。

伍爺一踏進煙館，就先上前打了常仔一耳光再大罵：「浦你母！給你爸管生意管到南嶺街去，你在搞什麼鬼？」

常仔的媳婦在一旁不敢說話。

常仔過了好一會才清醒過來，意識到是伍爺在面前，嚇了一跳，「伍……爺……」

「跟我出來！」伍爺不想煙館的煙客看到幫會內的事，幾個人跟伍爺走出煙館到了無人的後巷。

伍爺轉過身說：「煙館開門的時候你不在，帳目搞得亂七八糟，還有你多少天沒回家了，你到底在搞什麼？」

常仔：「帳目……？」

伍爺上前拳打腳踢將常仔揍了一頓，「浦你母！還跟你爸裝糊塗！」

常仔抱著自己肚子，倒在地上咳了幾下，咳出一些血。

媳婦上前想要替常仔求情，伍爺馬上兇悍地指著她，「我現在在處理幫會的事，你們家裡的事妳等到回家再跟他說。」

媳婦馬上蹲到常仔旁邊，「你最近到底在幹什麼，你快跟伍爺說，是不是還想再挨打？」

伍爺低頭瞪著常仔，「看看你自己，人不像人，鬼不像鬼。」大聲罵出來，「說，你到底在幹什麼？」

常仔吞吞吐吐地說：「有人給我海洛因，吸了上頭比鴉片還快，可是過了三個時辰以後，不吸就渾身不舒服……」

幾年前伍爺聽英國紅毛和德國紅毛說過，想不到它竟然出現在中國了！「誰給你的海洛因？」

常仔看了媳婦一下，再吞吞吐吐得說：「阿霞。」

伍爺想了一下，沒聽說過這個人，「哪裡的阿霞？」

「福興堂那邊……妓院裡……」

媳婦沒等常仔說完就對他又打又罵，「你還有多餘的錢去妓院……」

伍爺的保鏢上前一巴掌往常仔媳婦臉上打下去，「現在是妳在問話還伍爺在問話？你們家的事等回去再說！」

媳婦被一巴掌摑得暈頭轉向，不敢再說話。

伍爺心想：這個海洛因和鴉片一樣有癮，二奶奶每個月底都會來查帳，這表示常仔上個月的帳還沒出問題，可見這個海洛因的癮比大煙還屬害，才幾天就把常仔搞得亂七八

糟！這麼好的生意，怎麼都沒聽到任何風聲就被福興那邊先搞到了？

「你為什麼跑到南嶺街去，在什麼地方抽不行，非跑那裡去？」伍爺再問。

常仔：「阿霞說她沒貨了，叫我去南嶺街找紅蛇買，我在南嶺街找到紅蛇，就……就地先來一口，想等醒了再回煙館。」

伍爺又上前踢了常仔一腳，「浦你母！你抽到腦子壞了嗎？連南嶺街那種地方你都待得下去，報廢了你！」伍爺氣得在原地來回走了幾步，對身邊的保鏢說：「讓他把煙館這個月少的錢補回來，叫阿虎現在來賭場見我。」

伍爺叫阿虎去查清楚珠海的海洛因誰是幕後大老闆？哪裡來的貨？海洛因現在在珠海是什麼市價？

三天後，伍爺、二奶奶、阿虎在伍府的書房裡。

阿虎：「查出來了，我派人跟了阿霞和紅蛇兩天，他們都是在福興門下的堂口拿海洛因。阿霞在妓院裡半買半送，看起來就是想先讓人抽上癮了再開始賺錢，等客人回頭再要，就跟他們說自己沒貨了，可以到南嶺街找紅蛇買。

我們再跟了阿霞和紅蛇拿海洛因那個堂口的副堂主，他自己一個人在半夜的時候到福興堂堂主廖爺家裡拿貨，我爬

上樹去看，見到廖爺家裡，紅毛查理斯把貨拿給副堂主。」從口袋掏出三包，打開其中一包放在桌上，「這樣一包要三塊。可以用吃的，用鼻子吸，在湯匙裡燒熱了吸它的煙，也可以用針管注射，上頭的感覺都不一樣。」

伍爺一手拍到桌上大罵，「浦你母！查理斯竟然私下跟福興做生意！」

二奶奶：「看來海洛因才剛到珠海，福興讓人在南嶺街這種地方散貨非常聰明，海洛因遲早會讓我們和斧頭幫知道，他在南嶺街散貨可以延遲讓大家知道，等大家都知道了，也已經有不少人上癮，他已經有固定的客戶。」

伍爺：「現在從四川來的鴉片，一兩不到一塊，它這麼一小包就可以賣三塊，還讓不讓大家混了？」

二奶奶：「阿虎，吩咐下去，跟洪門的所有兄弟說，過陣子我們很快就會有海洛因，比福興還便宜，叫大家先別跟福興的人買。」

「是。」阿虎說。

二奶奶：「約查理斯見面，越快越好。」

伍爺：「浦你母！這個查理斯，當初是誰引他進珠海碼頭的，才沒多久就忘了情義，看他到時候怎麼說，不怕你爸把他做了！」

二奶奶：「不行！不能跟他來硬的，他有英國艦隊在香港，所以才敢為所欲為。他現在在珠海已經熟門熟路，我

們越硬他就越不跟我們合作。他是個生意人，有的是錢和門路，當初我們不引他進來，還有別人會引他進來。先看他怎麼說。」

伍爺：「常仔把海洛因戒了沒有？」

阿虎搖頭，「他的女人把他綁在家裡，他不到一天就把繩子咬斷跑了出去。要不要把他找回來，讓他把偷煙館的錢還了？」

伍爺：「不用了！廢了的人還能做什麼。」

二奶奶：「還是把他找回來！」

伍爺：「找他回來也還不上錢，更幹不了什麼事！」

二奶奶：「海洛因是新東西，我們一點都不曉得這是什麼，我要看看常仔的身體有什麼反應，它的癮到底有多大，才能知道它在市場的價值。去把常仔找回來，讓他再抽一次，然後請個大夫觀察他的反應。我要知道這東西一沾上之後多久得來一次？癮犯了有什麼癥狀？抽了以後能不能戒？。」

伍爺和二奶奶到查理斯下榻的客棧，按照約定的時間，進了查理斯的客房。

查爾斯顯得非常親切，「伍爺您好！二奶奶您好！快請坐。」

查理斯看伍爺坐下，臉色不太好看。

「伍爺，你還好嗎？」查理斯說。

伍爺只是一直盯著查理斯，想看他會不會自己說出來。

查理斯看伍爺不說話，只好先給伍爺和二奶奶倒茶，「請喝茶！」

伍爺不碰桌上的茶，「我的手下買了福興堂的海洛因，現在整個人都廢了！」

查理斯：「海洛因這種東西不能過量，每次一點點就夠了。」

伍爺：「你自己用不用海洛因？」

「我不喜歡會上癮的東西，我已經戒不掉咖啡，這一樣就已經夠了。」

伍爺：「你倒是很聰明，賣鴉片不碰鴉片，賣海洛因不碰海洛因。」

「各有所好，我喜歡保持清醒。」

伍爺：「查理斯，我以為我們的合作關係是永久的，你別忘了是誰帶你進珠海的。」

「我怎麼可能忘記！是你帶我進入珠海的，還把生意擴大到整個珠海。」

伍爺：「那為什麼海洛因的生意，你要給福興堂做，難道福壽膏的生意我們合作得有問題？」

「伍爺，福壽膏的生意沒有問題，但是希望你了解我是一個商人，哪裡有買賣，我就到哪裡。」

伍爺：「原來查理斯是個看錢不看情份的人！」

「怎麼會呢？當初我們福壽膏的協議，雙方一直都還維持的很好呀！」

伍爺忍不住用潮州話對查理斯罵出來：「浦你母！跟你爸兜圈子。」

查理斯瞪著伍爺說：「伍爺，我聽不懂潮州話，有什麼誤會最好說清楚。」

二奶奶開口：「查理斯，我們帶你進珠海，把你的生意在珠海做開，這個是生意，也是情份。你現在有海洛因的生意，難道不應該跟我們做嗎？」

查理斯點點頭，似乎是明白伍爺為什麼生氣，「我說過，我是一個生意人，我感謝你把福壽膏的生意在珠海做開，並且維持我們當初的價格還有情份，至今沒有變動。海洛因是另一筆買賣，不混在一起談。這麼說吧，當初我們在得意樓和福興堂還有斧頭幫見面以後，福興堂私下找了我好幾次，給我更好的條件，那時候我們都還沒有簽合同，我可是完全拒絕了他。兩年前，他不曉得從哪裡知道歐洲有海洛因，是他向我提出要我引進海洛因的，所以我找到貨源運到珠海給他賣，這也是天經地義啊！你們說呢？」

二奶奶：「為什麼當初你沒有進海洛因，我們可以合作啊！何必等到福興堂對你提起才做呢？」

「海洛因在宣統三年的時候，歐洲大部分國家，包括英

國，已經成為禁品，我要拿到海洛因必須冒很大的風險，而且整個歐洲沒有幾個人會做海洛因，福興堂兩年前開始要我幫他找海洛因，我花了整整兩年的時間動用我在國會議員的關係才拿到的，況且我當初還不確定我可不可以拿到手。這個生意既然是福興堂說起的，我就由他們來做做看吧！」

二奶奶：「但是你是我們帶進珠海的，福興堂越過我們直接去找你，這不太地道！」

「請問二奶奶，地道是什麼意思？」

二奶奶：「就是不合規矩。」

「如果我帶你們到英國做生意，幾年以後，你們有自己的朋友和自己建立的人脈，我是無權干涉的。」

二奶奶：「希望你能明白珠海碼頭的環境，這不只是一個做生意的地方，還是一個由三個幫會管理的地方，大家井水不犯河水，互不干涉利益與人脈。」

查理斯再次點頭，「從今以後，我會特別注意這方面的事，但也請你們考慮我是一個生意人，我不屬於任何人，我只屬於我自己。接下來請你們告訴我，海洛因的生意要怎麼處理，才可以維持我們的友誼，我一定會好好考慮，不過也請你們理解，現在海洛因的生意，我和福興堂已經有了協議，有沒有什麼方法，讓大家都可以開心的？」

二奶奶看向伍爺，伍爺轉向查理斯：「我們先和福興堂談談，等我消息。」

查理斯點頭，「好的，好的。」

伍爺和二奶奶站起來離開，查理斯一直送他們到客棧大門口，「請慢走！我等你們消息。慢走！」

伍爺在回家的車上說：「原來是福興先去找查爾斯的！妳覺得還要再談嗎？」

二奶奶：「兩邊都要聽，再和福興確認一下，如果是的話，海洛因這麼大的利益，那可以開戰了。不過先等幾天，看看常仔的反應再叫阿虎約福興和查理斯一起吃飯，所有人當面說才說得清楚。」

伍爺和二奶奶在伍府大門口下車，就看到大廳裡阿虎帶來一個郎中在等他們。

來到大廳，阿虎臉色不太好看，「伍爺！二奶奶！」

伍爺：「都坐著說！」

阿虎：「我把常仔關在一個房間裡，他戒不掉海洛因，自己撞牆死了！」

伍爺剛坐下，又立刻站起來，「什麼！」和二奶奶對望。

二奶奶：「大夫，這是怎麼回事？」

郎中：「他服用一次以後，整個人安穩下來，很快舒坦起來，脈象一下平穩得很快，之後就越來越慢，和抽了大煙差不多，這種感覺只維持了三個時辰。三個時辰後開始打哈欠、流眼淚、流鼻涕，微微地出汗，接著腹瀉。十六個

時辰後，小便失禁，時而在身上抓癢，開始求我們給他再次服用。到第十八個時辰，就撐不住了，開始撞牆，最後掙脫綁在他身上的繩子，將自己一頭撞死。他難以忍受的除了身體上的痛苦，還有精神上的，因為在他撞牆自殺之前，一直聽到他自言自語地說所害怕的事和以往自卑的事。他同時承受身體和幻覺帶來的巨大痛苦，不得不以自盡解脫。我從來沒見過這種病狀！我也略懂一點西醫，這……海洛因，我怎麼沒聽過呀！是什麼人給他服下這種藥？是不是西方來的藥啊？」

郎中說完，伍爺咽了一下口水。

二奶奶：「這我們也在查。阿虎，送大夫！」

等郎中離開，二奶奶才慢慢說出口：「看來比大煙還難戒！難怪歐洲人要把它禁了。」

阿虎回到大廳，「這種東西只有福興有，將來要是吃的人多，大夥不都聽福興擺布！」

二奶奶：「不，是都聽英國人擺布，福興還不知道他在幹什麼事！」

伍爺：「除非我們自己有處方，那就不必聽英國紅毛的。」

二奶奶：「阿虎，我要跟伍爺商量點事情。」

阿虎：「伍爺，二奶奶，我先回去。」

二奶奶看阿虎走過前大院出了伍府大門，慢慢開口道：

「道光年間，朝廷內有個臣子許乃濟對皇帝說，鴉片禁不住，不如合法，我們自種自足，讓紅毛賺不到錢，他們就會自己走掉。另一個臣子林則徐對皇帝說，現在官、兵都在吸鴉片，照這樣下去幾十年後，還有誰能打仗對抗紅毛。皇帝聽了林則徐的話，下旨凡吸食、販賣、種植著皆斬，還派林則徐在廣州燒了紅毛的鴉片船，好不氣魄！最後惹來鴉片戰爭這樣的麻煩。

鴉片戰爭後僅僅十年而已，從道光二十年起，紅毛的鴉片進口大清多到禁無可禁，於是朝廷開始課收鴉片稅，直到大清末年。林則徐在晚年改口說，他是反對紅毛煙，不是本土煙！

逗了一大圈，到後來還不是走當初許乃濟說的，自種自足；等到雲南、貴州、四川年年出產的鴉片足夠供應全國，紅毛才慢慢走掉。

從常仔發的癮看來，一抽上海洛因的人，比鴉片還難戒，這可是一筆天大的生意。不管合不合理，我們一定要把海洛因從福興的手上拿過來，就算要犧牲一些兄弟也值得。同時，我們必須自製自足，趕快把海洛因的配方找出來，才能不受查理斯的控制。明天就叫阿虎帶海洛因到醫院問，看誰懂這種東西。如果我們做不出來，再想辦法跟紅毛買配方。紅毛如果不賣，我們就派人到歐洲去找。還有，查理斯說他是通過英國國會議員拿到海洛因的，如果他沒說謊，這

表示他們自己不碰的東西，拿到我們這邊來賣，英國紅毛對中國究竟有什麼盤算？千萬要謹慎，不能扯出類似鴉片戰爭的事，如果又要打起仗，千萬不能讓它在珠海發生，否則勞民傷財的可是我們，不單是國民政府。」

● ● ●

　　紫雲樓，珠海著名的廣東菜館。

　　伍爺宴請查理斯和福興堂堂主。

　　伍爺和二奶奶已經在紫雲樓等著，身後還站有阿桂、阿虎、兩名保鏢。

　　查理斯準時到來，身旁坐著另一名紅毛保鏢。

　　等到午時將過，福興堂堂主才和身邊的師爺，身後四名保鏢慢慢走進來坐下，「點菜了沒有，上菜吧！」

　　二奶奶按住伍爺大腿，要他先不發火。

　　查理斯：「廖爺，我們等了你快一個小時了！」

　　福興堂堂主一副無所謂的態度，「肚子餓就先吃嘛！我一定會來的。」

　　查理斯嘆口氣，「大家和氣生財，何必這樣呢？」

　　福興堂堂主：「現在是你們找，可不是我去找你們。」

　　查理斯再嘆口氣，不停地搖頭。

　　伍爺再也忍不住了，「要不我和查理斯出去兜個圈再回來，換你在這裡等，怎麼樣？」

　　福興堂堂主：「好啊！那我也去兜個圈，誰先回來誰先等。」

　　二奶奶立刻再壓住伍爺大腿，拍了幾下，笑笑地看著

伍爺。

　　查理斯：「好了！好了！這頓飯我也吃不下去了，大家趕快把事情說清楚，我可以快點離開這裡。」

　　二奶奶轉向福興堂堂主，「廖爺，不如給句痛快話，談，還是不談？」

　　福興堂堂主一臉疑惑地說：「我都不知道你們要談什麼？」

　　二奶奶慢條斯理地說：「那就奇怪了！大家都知道，怎麼可能只有你不知道，看來廖爺是不太想談了，既然是這樣，那海洛因在珠海的生意，我們和查理斯決定就行了！」

　　「是嗎？」福興堂堂主笑笑，「我和查理斯老早就簽好了協議，都不知道你們還要談什麼？」

　　二奶奶：「不知道廖爺有沒有聽過什麼叫口頭協議？口頭協議就是只要雙方口頭承認，協議依然有效。剛剛在等你的時候，我們和查理斯研究了你們海洛因的協議，發現很多微妙之處，我們和查理斯做了不少關於海洛因的口頭協議，您沒興趣知道的話就，就請便吧！我們要喝幾杯慶祝一下，跟你沒關係！對了，從今以後，查理斯是我伍爺的貴客，就和我們當初帶他來珠海一樣，有什麼事要找他，直接找我們伍爺就行了。廖爺，不送！」

　　福興堂堂主楞住，看了他身旁的師爺一下。

　　師爺開口問查理斯：「查理斯，有沒有這回事？」

二奶奶：「楊師爺，你要問查理斯什麼事，請通過伍爺，伍爺就在您面前，你現在可以問。」

楊師爺不管二奶奶，又對查理斯問了一次，「查理斯，有沒有這回事？」

二奶奶立刻搶在查理斯前面：「楊師爺，有什麼話，請你問伍爺。」

楊師爺看著查理斯「查理斯！」。

「哎喲——！」二奶奶又說了，「不是要走了嗎？怎麼又不走了？你們這到底走不走呀？」

楊師爺以兩眼的火光，笑著盯住二奶奶。。

二奶奶笑容可掬地看著楊師爺。

查理斯終於再開口：「有趣！真是有趣！中國人連吃頓飯都可以這麼有趣，我今天真是開眼界了！廖爺，既然都來了，坐下吃頓飯再走吧！」接著轉向伍爺：「伍爺，今天這頓飯請給我面子，讓我做個東請大家吃飯，希望你不要推辭。」

伍爺沒說話，喝了口茶。

「上菜！」查理斯對小二喊到。

上到第四道菜福興堂堂主慢慢地說：「查理斯，你和伍爺做了什麼口頭協議啊——？」

查理斯：「沒這回事！不過，廖爺，你讓我們等這麼

久，以後別再這樣了，沒有必要嘛！」再對伍爺說：「伍爺，你上次跟我說的，我已經和廖爺稍微談過了，我們和氣生財，大家今天把事情談好，不要傷了和氣。」

伍爺：「查理斯是我帶來珠海的，你兩年前就私下找過他，不合規矩。」

福興堂堂主：「開玩笑！你又不是他爹，憑什麼不行？」

「憑我洪門在大江南北有幾十萬個兄弟。」

「是嗎？我看你是嘴巴說說而已吧！」

「我怕只要我把長江以南的洪門兄弟都叫來，你福興不知道要往哪裡站？」

「我倒是真想看看你有沒有這個能耐。」

「海洛因的生意不能給你。」

「是嗎？等你把你洪門的兄弟都叫來再說吧！」

「浦你母！真不當我一回事。」

「等你！」福興堂堂主雙眼帶火，似乎隨時要開打。

伍爺慢慢站起來。

查理斯立刻將手掌向伍爺伸出，要他冷靜，「伍爺，給我面子，今天我請吃飯！」

伍爺並沒有坐下，瞪著福興堂堂主。

福興堂堂主：「怎麼樣？來啊！」也站起來。

伍爺：「你兩年前私下找查理斯，這不合規矩。」

福興堂堂主：「那是你家的事，在我看來很正常，不爽的話就幹一場！我告訴你，海洛因我不會讓出來，吊妳嫲！」

查理斯用英文對他的保鏢小聲說：「我們退後。」說完和保鏢慢慢站起來向後退開。

兩邊的保鏢全部氣勢洶洶向前走了幾步。

紫雲樓裡其他吃飯的客人全部看過來，慢慢從身上拿出傢伙，原來這裡面的客人幾乎都是雙方埋伏好的人馬。

伍爺：「浦你母！我……」

伍爺話還沒說完，楊師爺把筷子往桌上一丟，他身旁的保鏢立刻抽出一支槍，朝伍爺開了兩槍，雙方的人馬立刻火拼起來。

二奶奶退向一旁，身後的保鏢殺向前去，阿虎蹲到伍爺身邊，查看伍爺傷勢，兩槍都打在胸口。

二奶奶很快冷靜下來，看阿虎把伍爺背起來要衝出紫雲樓，她緊跟在後面。

阿桂嚇傻縮在一旁，過了好一會才回過神，立刻抓起椅子擋在身前，追上阿虎和二奶奶。

查理斯的保鏢老神在在擋在他身前，兩手握槍，只要誰敢過來，就給他一槍。

福興堂堂主和楊師爺很快退到牆邊，身旁有四個保鏢全部手持雙刀站在身邊，只管保護堂主和楊師爺，不加入殺

戮，福興堂看來早就策劃好要幹掉伍爺火拼一場。

紫雲樓裡兩邊的人馬廝殺，時不時就見到有人身上噴血倒地，阿虎背著伍爺，還要保護一旁的二奶奶，邊走邊踢朝向他們砍來的人，阿桂好幾次把手中的椅子伸到阿虎身前，幫他擋掉了好幾刀。

好不容易出了紫雲樓，阿虎和阿桂身上多了幾道血痕，二奶奶一直貼著阿虎，沒受到傷，伍爺背上被砍了幾刀。

這時二十多個洪門手下拿著傢伙從附近趕來，他們見到阿虎和二奶奶還有四奶奶，便停在他們面前，阿虎把伍爺放到地上，大聲說：「留下五個人保護伍爺，一個去叫三部黃包車過來送伍爺去醫院，其餘人跟我進去，今天一定要把福興的堂主幹掉！」說完從一個人手上拿過一把長刀，轉身要和所有兄弟再衝回紫雲樓。

「阿虎！」二奶奶大叫，「你身上有傷，不要再進去！」

阿虎說，「這不算什麼，我今天非把福興的堂主做了！」，再次轉身對洪門的人馬大聲說：「走，幹掉福興的堂主！」，二十幾個洪門手下跟在後面進了紫雲樓。

沒多久，三部黃包車跟著一個洪門的人跑過來，載上伍爺、二奶奶、阿桂朝醫院跑去，五個洪門手下前後圍著黃包車，一起護送到醫院。

紫雲樓裡，福興堂堂主和楊師爺站在一個角落旁，前面有四個保鏢護法，楊師爺指向回頭沖進來的阿虎，對堂主說：「廖爺你看，這傢伙還真不怕死！」

「做掉他！」堂主說，「連他都幹掉的話，洪門在碼頭的地盤就可以拿下了！」

楊師爺雙手圍著嘴，朝阿虎大叫：「阿虎！阿虎！」

阿虎一邊砍人，一邊四處找著福興的堂主，這時聽到有人不斷叫他，眼睛很快就找到是楊師爺，福興的堂主就站在他身邊，「浦你母！」，朝福興堂堂主狠狠地殺過去。

福興堂主看阿虎身上時不時被砍上幾刀，一身血竟然還不倒下，非得朝自己砍過來，「可惜，他是潮州人！有勇有謀，如果能幫我做事的話……」

阿虎看楊師爺站在那裡不停地對自己招手，還越笑越開心，「浦你母！我連你你也幹掉……」

阿虎就快殺到楊師爺，身上每中一刀，楊師爺就笑得愈開心，阿虎就愈火大。阿虎拖著血流不止的一條腿，來到楊師爺面前，周圍四個保鏢一個個上，都被阿虎砍到倒地，阿虎喘著氣，地上不停滴著血水和汗水，抬頭狠狠看向楊師爺，「浦你母！輪到你了！」

楊師爺收起笑容，嚴肅地看著阿虎。

福興堂堂主：「真是可惜，功夫竟然還不錯！」拿出一把手槍，朝阿虎開了一槍，正中眉心。

阿虎鬆開手上的刀，正臉朝地面趴下，再流的只有濃濃的血水。

　　伍爺讓三個洪門手下抬進醫院，馬上進入手術房，阿桂進急診室。

　　五個手下，四個再拿起刀子，衝回紫雲樓，留下一個最年輕的在二奶奶身邊。

　　醫生沒幾分鐘就從手術房走出來，二奶奶快步地走向前去，醫生說：「對不起！早就已經沒心跳了。」

　　二奶奶在醫生面前差點站不穩，被醫生扶住，將二奶奶扶到牆邊的椅子坐下，醫生回頭對護士說：「推輪椅過來，給她打一針鎮定劑！」

　　二奶奶搖手，「不用！不用！我坐一下就好了。」

　　二奶奶閉上眼，讓自己平靜一下，再對留下的洪門弟子說：「去看四奶奶在哪裡？」

　　洪門弟子回來，「四奶奶在急診室包紮傷口。」

　　二奶奶：「帶我去。」

　　來到急診室，見到阿桂身上已經包紮了幾處傷口，醫生正在幫她縫肩膀上一個刀傷，傷口皮開肉綻，且深又長。二奶奶看阿桂竟然忍得住沒哭沒叫，回想剛才在紫雲樓，阿桂還拿著椅子幫阿虎護著伍爺，身上才會有這麼多傷，要是換成別的女人，早就躲在牆角哭著喊救命。

阿桂不是一般女人，我以前竟然沒看出來！

等阿桂完全包紮好，二奶奶要帶她離開醫院。

醫生：「她失血過多，傷口又太深，必須住院。」

「她不能住院，我會讓她回來複診。」二奶奶擔心福興的人會找來。

醫生抵不過二奶奶強勢，只好說：「好吧！那至少打一針消炎和一針破傷風再走吧！」

阿桂打了針後，二奶奶立刻叫洪門弟子扶她一起離開醫院，坐上黃包車回伍府。

二奶奶上黃包車之前，對洪門弟子說：「回紫雲樓看那邊是什麼情況，找到阿虎，到伍府告訴我他在哪裡，伍爺死的事不要傳出去。」

「是。」

「你叫什麼名字？」

「我叫賴東田，在碼頭大家叫我阿田。」

「好，去吧！」

阿田向二奶奶鞠躬，馬上往紫雲樓跑去。

阿桂一旁聽到伍爺死了，一時失神，無法相信！

在黃包車上，二奶奶流下不少無聲的眼淚。

自己沒有愛過伍爺，可回想伍爺對她有過的疼愛和尊重，如今才化為情意。

唉！畢竟是夫妻一場……伍爺！……

黃包車到了伍府大門口，二奶奶已經哭得雙眼紅腫。

二奶奶下黃包車的時候，朝大門兩邊瞄了一下，有幾個警務局的人守在這裡。

踏進伍府，二奶奶叫人安頓四奶奶休息，然後叫呂管家跟她進書房。

二奶奶一坐下，快筆寫了五封信，呂管家和平時一樣在一旁低著頭，等吩咐。

二奶奶寫好信裝進信封，在信封上提筆署名，然後對呂管家說：「伍爺死了！」

呂管家漸漸抬起頭看著二奶奶，這是呂管家第一次正面看二奶奶。

二奶奶：「在我面前被福興的人殺死的。」

呂管家說不出話，一時不知該安慰二奶奶還是該表達憂傷才好。

二奶奶：「我們現在沒有時間難過，有幾件事你必須馬上給我辦好。聽清楚，你親自拿這五封信和十塊現大洋，到天威武館交給館主張師父，請他立刻派人快馬把信送出去，一刻都不可以耽擱，再派三個保鏢跟你到銀樓取一千五百塊現大洋回來，一路上看到福興和斧頭幫的人都要避開。告訴張師父，我要留這三個保鏢在身邊幾天，我會另外算錢給

他。大夫人和三奶奶在哪？」

呂管家：「大夫人在房裡，三奶奶出去了。」

「立刻叫人把三奶奶找回來。還有，吩咐下去，等一下有個叫阿田的工人會來找我，立刻帶他來見我。從現在起，大門不要隨便開，不認識的人來敲門，不管什麼事都不要開門，我們自己人出入只走後門。大門外有幾個警務局的人，叫個人給我時時刻刻盯住他們，不管他們人數增多還是減少，還是撤走，都要立即告訴我，不能耽擱。」

「是，二奶奶。」呂管家拿上五封信，轉身要出去。

「等一下。」

呂管家停住腳步，轉過身子。

二奶奶再次叮嚀：「伍爺死了，絕對不能讓任何人知道。」

「是，二奶奶，我明白。」

「快去吧！」

二奶奶在書房裡，將眼閉上，再度流下思念伍爺的眼淚，讓眼淚盡情地流，讓思念與疲憊無盡地籠罩，在椅子上漸漸睡去。

一陣敲門聲把二奶奶驚醒，「二奶奶，有個叫阿田的工人找妳。」

二奶奶：「快帶他進來！」

下人帶阿田來到書房，二奶奶等下人出了書房，才問阿田有沒有找到阿虎？

阿田：「虎哥死了！」說完流下兩行淚。

二奶奶嘆口氣，再度把眼閉上一陣，承受著阿田這一句話所添戴的酸痛，過了好一會才睜開眼說：「你怎麼知道的？」

「我到紫雲樓只見到一片死人，我找了好久，看到有一個人趴在血堆裡很像虎哥，我把他翻過來，果然是虎哥，他眉心被打了一槍。」

二奶奶再次嘆了一口氣，將頭上仰，不讓阿田看到自己眼中的淚光。

「二奶奶，我看紫雲樓裡死的大多數是我們洪門的人。」

二奶奶看向阿田說：「我們碼頭還有多少人？」

「我不清楚。」

「你再去碼頭給我算清楚我們還有多少人？多少傷的？多少死的？」

「是。」

「不要把伍爺死掉的消息傳出去。為了安全，從現在起，出入伍府走後門。去吧！」

「二奶奶，我們什麼時候可以幫伍爺和虎哥報仇？」

「我已經在安排了，你放心！」

「嗯。」阿田轉身走出書房。

二奶奶看阿田一提到阿虎就流淚，看來這個孩子算是個有情有義之人。

二奶奶到大夫人房門外敲門，「大姐，我是二妹。」

丫鬟打開房門，二奶奶走進來，看到大夫人跪在一尊觀音像前喃喃誦經。

二奶奶在大夫人身旁蹲下來，「大姐，四妹受了重傷，我們去看看她。」

大夫人看向二奶奶，「怎麼回事？」

「被福興的人砍傷的，已經從醫院回來，在房裡。」

大夫人和平時一樣，一有不好的事，總是唉聲嘆氣，「唉！怎麼搞成這樣呢！」站起來，和二奶奶一起去看四奶奶。

大夫人的丫鬟在阿桂房門外敲門，敲了許久，阿桂才醒來，「什麼事？」

「我是二奶奶。」推開門進進去。

阿桂從床上坐起來，見大夫人和二奶奶走進來。

二奶奶對大夫人的丫鬟說：「妳先出去，我們有話說。」

大夫人對丫鬟點頭，丫鬟才走出房門，將門關上。

大夫人：「四妹，怎麼搞成這樣呢？」

阿桂：「我沒事。」

二奶奶：「大姐，我有事告訴妳們，妳先坐。」

大夫人就在床邊坐下。

二奶奶：「伍爺死了，福興的人幹的，他們可能會殺到伍府，把貴重的東西收拾一下，我們要離開這裡幾天，不要把伍爺的死訊傳出去，不要對下人說，伍府裡只有我們和呂管家知道。我叫呂管家出去辦一些事，他一回來我們就走。帶上金銀首飾就好，不要帶衣服，不要帶下人，我們很快就會回來。」

阿桂思念伍爺的傷痛又被勾起，雙手捂住臉，克制不住自己無聲地哭了起來。大夫人低下頭，頻頻落淚。

二奶奶：「要把命保住，就等一下再哭，先離開伍府。」說完走出房門，對大夫人的丫鬟說：「叫人備兩輛馬車在後門，三夫人一回來，馬上告訴我。」

「是。」

二奶奶回到自己臥房收拾東西。

沒多久，有下人來敲門，「二奶奶，三奶奶回來了。」

二奶奶立刻走出房門，見三奶奶走來，邊走邊嚷著：「是什麼大事啊！我剛糊了三把，今天手氣正旺呢！非把我叫回來，你祖嬤很難得有這種好運……」

三奶奶來到二奶奶面前，一副不耐煩得說：「二姐，什

麼大事啊！牌桌上的人還等著我回去呢！是不是妳丟了什麼貴重的東西啊！……」

「妳跟我進來，讓丫鬟在門口等著。」二奶奶說完就轉身走進房。

三奶奶一踏進房裡，二奶奶馬上說：「把門關上，有話跟妳說。」

三奶奶關上門後，坐到椅子上自己倒起茶喝。

二奶奶：「有事跟妳說。」

三奶奶喝著茶，看著二奶奶。

二奶奶：「伍爺死了，福興的人幹的，簡單收拾好妳貴重的東西，等呂管家一回來，我們就走，過幾天再回來，不要對任何人說起伍爺的事，包括妳的丫鬟，走的時候不帶丫鬟。」

三奶奶楞了一下，然後慢慢把茶杯放下，「妳開玩笑啊！伍爺壯得跟頭牛似的，我們死了都還沒輪得到他死呢！」

二奶奶用很嚴肅的神情看著三奶奶，「三妹，我沒有開玩笑，大姐和四妹也在打理行李。妳動作快一點，呂管家一回來，我們就立刻走。」

三奶奶眼睛瞟到二奶奶床上放了一堆首飾，看起來真的像是在打包行李，她又愣了一次，然後說：「我為什麼要走？冤有頭債有主，我又沒得罪福興的人！我身嬌肉貴的，

沒有丫鬟在身邊伺候著，我可是沒法過日子！還有，妳們要走也得把我該得的那一份給我才能走，我對伍府的家產可是一清二楚，妳們可不要把我當傻瓜！伍爺死了，財產該由大夫人做主……」三奶奶對二奶奶越說越兇，越說越大聲，生怕二奶奶在分財產上占了她的便宜。

二奶奶走到三奶奶面前，給了她一巴掌，三奶奶頓時安靜下來。

二奶奶：「我才跟妳說過伍爺死的事不要宣揚出去，妳在這裡大吼大叫，是怕外面那些下人聽不到嗎？」

三奶奶被打傻了，說不出話。這是二奶奶第一次對她動手，就算以往兩人矛盾再深的時候，二奶奶都是施計整她。在她眼裡，二奶奶一直是個用腦不用手的人。

二奶奶瞪著三奶奶再說：「咱們伍府的姐妹裡面，只有妳聽到伍爺過世會滿口地要錢。我看在姐妹一場的份上，不跟妳計較，帶妳一起走，保妳的命。現在回妳房裡把妳值錢的家當打包好，呂管家一回來我們馬上走。出去！」

三奶奶知道自己理虧說不出話，可是又不甘心，於是衝出房門，竟然跑到大夫人那裡去大哭大鬧，吵得整個伍府都知道伍爺死了。

二奶奶來到大夫人門外，見大夫人的房門大開，一大堆下人圍在門外看，三奶奶對大夫人挑撥離間，又哭又鬧的。二奶奶自己先把一口氣吞下去，再走進去，對三奶奶大叫：

「再不回妳房去，我家法伺候！」

三奶奶哭哭啼啼得又衝出大夫人房門，走向自己房間，「二奶奶打人啦！二奶奶打人啦！……」

二奶奶來到門外，對所有下人說：「伍爺只是受了傷在醫院，沒什麼大礙。全部下去做事！」

看著下人們都散去，二奶奶才轉身入房，將房門關上，「大姐，三妹在胡說八道，妳知道她這個人……」

「我知道她這個人是什麼性子，妳不要擔心。」大夫人說。

在這時候大夫人能夠明事理，站在她這邊，二奶奶胸前一暖，隨即眼淚盈眶，深深喘了一口氣，說：「妳東西都打包好了？」

大夫人：「差不多了。」

二奶奶：「好，呂管家一回來我們就走，在房裡等我。」

大夫人點頭。

呂管家回到伍府，直奔二奶奶房，「二奶奶，我回來了。」

「進來。」

呂管家一進門就馬上把房門關上，轉身說：「二奶奶，都辦好了！」

「三個保鏢呢？」

「在大廳候著。」

「錢呢？」

「在我這裡。」呂管家看著手上兩個包袱。

「打開給我看。」

呂管家把兩個包袱放到桌上打開。

二奶奶以目光稍微算了一下大概，「好，交給你保管。你先回房，把自己值錢的東西打包，再去帳房把帳本和所有的現金和銀票都帶上，後門備了兩輛馬車，我們在馬車裡等你，你一來馬上就走。」

「是。」呂管家說，「二奶奶，我們這是要去哪裡？」

「等上了馬車再告訴你。」

「是。」呂管家立刻走出房。

二奶奶來到阿桂房裡，「準備好了嗎？」

「好了。」阿桂說。

二奶奶對阿桂的丫鬟說：「扶四奶奶上後門的馬車等我。」

再來到大夫人房裡，「大姐，該走了。」

大夫人：「我們什麼時候回來？」

「就幾天。」

「喔！」

「走吧！大姐。」

再來到三奶奶房門外，二奶奶敲了房門才開門進去，「呂管家回來了，走吧！」

三奶奶還是氣沖沖的，「我為什麼要走？」

「我沒有時間再跟妳吵。」

「我怎麼知道妳會把我帶去哪裡？」

「我沒有時間再跟妳吵了，大姐和四妹都在車上，快走！」

「要走可以，先把我該得的那份給我。」

二奶奶看著三奶奶，深深喘了一口氣，無聲地轉身走出房門，背後傳來一句：「想坑我，沒那麼容易！」

二奶奶來到大廳，三個保鏢見到二奶奶立刻站起來行禮。

二奶奶：「叫什麼名字？」

「我叫林在福，是天威武館的三弟子。」

「我叫黃鷹，天威武館的六弟子。」

「我叫陳邦，天威武館的七弟子。」

「我是伍府的二姨太，你們要做的就是保護我和其他姨太這幾天到外地的安全，錢我不會虧待你們，跟我到後門上馬車。」

到了後門，已經看到大夫人和阿桂在第二輛馬車上，二奶奶站在馬車旁沒上車，三個保鏢也沒上車。

接著，呂管家快步地來到後門，二奶奶說：「上第一輛馬車。」。

呂管家上了第一輛馬車，大夫人把頭伸到馬車外，「二妹，我們還等誰？」

二奶奶：「還等一個人，再等一下。」

一個下人跑到後門來，對二奶奶說：「大門口警務局的人全撤走了。」

「知道了，下去吧！」二奶奶心想：福興堂已經打通警務局，不能再等了！對三個保鏢說：「兩個上前面的馬車，一個上後面的。」再對兩個馬車夫說：「到佛山！」說完即上了第一輛馬車。

第一輛馬車坐的是二奶奶、呂管家、兩個保鏢，第二輛馬車坐的是阿桂、大夫人和一個保鏢。二奶奶一上馬車，馬車立即動起，才沒一會功夫，二奶奶立刻打開對車夫說話的小窗口叫到：「停！停下來！」

馬車立刻剎住，二奶奶走下馬車，叫著正跑往伍府後門的阿田。

阿田回頭一看，是二奶奶，立刻又往回跑，來到二奶奶面前。二奶奶：「上車說。」

阿田和二奶奶一上了馬車，馬車立即再跑起。

阿田滿頭大汗得說：「我到碼頭見不到一個工人，我們的人可能都躲起來了，根本無法知道我們還剩多少人馬。

於是我回到紫雲樓去看，警務局的人正把屍體抬走，都是死人，沒有傷的。我再跑到附近的大醫院去看了一下，傷的都是福興的人，沒有我們的人。看來福興要離開紫雲樓之前，把我們倒地受傷的弟兄們都殺了。還有，街坊已經在傳伍爺掛了，怎麼辦？」

二奶奶鎮定地說：「當初伍爺安排了五十個人扮成食客在紫雲樓，二十五個在隔紫雲樓兩條街外待命，加來七十五，扣掉你一個，再加伍爺兩個貼身保鏢，一共七十六個。我記得伍爺說過，洪門在碼頭有近四百人，可以打的不到一百，有三百個人都是抽大煙抽壞的。這樣看來，能打的還有大約三十個，但是現在看來，可能一時間都找不到。」

「二奶奶，福興現在能打的比我們多，怎麼辦才好？」阿田憂心地說。

二奶奶笑了一下，「進什麼廟，拜什麼神；過什麼山，就降什麼妖。我有安排，不要擔心！」

兩個天威武館的保鏢，一聽二奶奶和阿田的對話，才知道福興大敗洪門，伍爺還死了，都緊張起來，一看二奶奶還能這麼鎮定，不得不佩服。

二奶奶：「阿田，你幾歲？」

阿田：「二十四。」

「平時有抽大煙嗎」

「沒有，我抽不起。」

「我看你重情重義，辦事又利索，只要你不碰大煙，今後就跟在我身邊，不要回碼頭了，每個月我給你六個袁大頭，好不好？」

「六個袁大頭！」阿田睜大眼看著二奶奶。

其中一個保鏢說：「快答應二奶奶吧！我每個月都拿不到六個袁大頭。」

阿田：「好！好！」

二奶奶：「好，但是記住，我不管你吃喝嫖賭，只要我一發現你碰大煙，我就不再用你。」

「好，我記住了！」阿田說。

●　●　●

　　伍府裡的下人開始傳伍爺到底是不是死了？二奶奶帶走大夫人和四奶奶，連呂管家也跟著走了，到底會不會再回來？三奶奶開始後悔，當初到底該不該跟他們一起走？

　　這時候，伍府大門的兩邊牆上，翻進來好幾個人。

　　伍府一個下人正在前大院掃地，指著他們大喊：「喂！喂！喂！你們幹什麼？天還沒黑就敢進來偷東西！」

　　翻進來的幾個人立刻跑去打開大門，大門外一下子湧進來二十幾個人，伍府下人一個個跑過來大吼大罵，「幹什麼？沒王法了！……」

　　還有幾個下人拿著木棍衝出來，只要出來一個就被砍倒一個，伍府的女傭看了都嚇得往裡面跑，有些躲在廚房，有些躲在後院。沒多久，一個個都被揪出來，抓到大廳跪在廖爺跟前。

　　「你們的二奶奶人到哪去了？」楊師爺問。

　　「她……她走了！」

　　「胡說八道！我們知道她回來以後，就沒再出去過。」

　　「她……從後門走的。」下人們看闖進來的人這麼多，各個手上都有長刀，剛才在大院還砍傷了好幾個，全部跪在地上手腳發抖。

三奶奶這時候被人抓著頭髮拖到大廳，一看下人們一個個跪在地上，對方人又這麼多，還手持長刀，嚇得臉色發白。

「哎呀！」這不是三奶奶嗎？我們好久沒見了！」楊師爺說，「幾個月前我們在一村樓開幕那天見過，到現在有半年了吧？」

三奶奶已經快被嚇死，說不出話。

另一個人把從三奶奶房裡搜出來的金銀首飾，拿到廖面前，「她房裡找到的。」

廖爺走到三奶奶面前，「回答我想知道的，就放妳走！」

三奶奶死命點頭。

「二奶奶在哪裡？伍府的帳本和錢都在哪裡？」

三奶奶拚命搖頭，嚇得說不出話。

廖爺皺上眉頭，「嗯─？是不是我廣東話的客家音太重了，所以妳聽不懂？」

三奶奶不停得搖頭。

「那妳是聽得懂我說什麼囉？」

三奶奶不斷點頭。

「那告訴我吧！」

這下三奶奶又開始搖頭，廖爺一巴掌打得三奶奶嘴破流血，「說不說？」

三奶奶還是死命地搖頭。

「吊妳嫲！」廖爺抓起跪在地上的一個下人，在三奶奶面前一刀將他捅死，再回來問三奶奶一次：「說不說？」

三奶奶嚇得半死，用盡全力說出：「我……不知……道……！」

廖爺對三奶奶笑了一下，「像妳這種要錢不要命的人，我不是沒見過，不要以為我沒辦法治妳！」說完把三奶奶拖到大廳旁的飯廳裡去，將三奶奶身上的旗袍全撕碎，把她壓在飯桌上幹了起來。

過好一會，廖爺拉著褲子走出來，「下一個接著上，幹到她說為止。」

福興的人拚命搶著要上，楊師爺大聲說到：「讓我來！」走進飯廳裡去。

沒多久，楊師爺走出來，「吊你嫲！嘴這麼硬！一次進去三個，不說就狠狠得幹、狠狠得打，誰能讓她說出來，我賞二十個現大洋！」

重賞之下，每三個進去的人，都搞上大半天才出來，等所有人都輪過了，三奶奶被赤裸裸得拖出來丟到地上，已經不成人形。

楊師爺對廖爺說：「看來她是真的不知道！」

「把值錢的東西給我帶上，走！」所有人跟在廖爺身後離開了伍府。

両輛馬車來到佛山「百祥客棧」。

所有人投宿客棧以後，二奶奶來到阿桂房裡。

「累不累？傷口會疼嗎？」二奶奶問。

「沒事，我在馬車裡睡了一會，好多了。」

「伍爺死了，阿虎也死了，大夫人早已看破紅塵不管世事。三奶奶只認錢不認人，她非要分得家產才上馬車。現在伍府只剩下我和妳。」

阿桂聽到阿虎也死了，泣不成聲。是虎哥教她碼頭的一切，在碼頭的日子一直善待她，當虎哥帶她去管妓院的時候，還親口告訴她，遇到困難可以去找他，怎麼對虎哥的恩情還沒報答，他就走了！

二奶奶讓阿桂哭上一陣，等她情緒緩和了以後，才繼續說：「我已經五十二，再過幾年就管不動了，我要把我懂的都教給妳，在這之前，妳必須先明白一件事，伍爺沒有孩子，伍府能做事的只剩下我和妳，妳要盡快成熟起來，不單是做一個生意人，而是成為一個幫會的領導者；比賺錢更上一乘的，是「掌權」，明白大局，引導大局和製造局勢。去洗把臉，我在樓下等妳。」

二奶奶走出房以後，阿桂洗了臉，以最快的時間，將虎哥過世的悲傷吞到心底，出了房門走到樓下。

阿桂看見二奶奶在一張桌子喝茶，她來到二奶奶身邊。

「坐下。」二奶奶說，「我們等人。」

阿桂不懂二奶奶說什麼，坐下以後看到桌子上擺了十幾個杯子，呈現出一個很奇怪的形狀。

等了好久，一個素未謀面的中年男子走進來，看了客棧一圈後，來到二奶奶面前坐下，「姑娘，我走了一天的路，可否請我喝杯茶？」

二奶奶：「茶有很多種，請問您喝的是哪一種茶？」

男子：「紅（洪）茶。」

二奶奶倒出一杯茶，再把茶倒進茶壺裡，再倒進茶杯，將茶杯置於面前十幾個杯子當中，說：「反鬥窮原蓋舊時。」

男子將裝有茶的茶杯調換位置，「清人強占我京城」

二奶奶再把其他空茶杯排成另一個形狀，「復回天下尊師順」

男子接著又將空茶杯再排成另一個形狀，「明月中興起義人」，然後拿起茶杯喝了一口。

二奶奶：「在下洪門珠海，伍南天二姨太段苑箐。」然後介紹阿桂，「這位是四姨太周阿桂。」

「在下洪門東莞塗丙貴，兩個時辰前接到您的信，就立刻趕來。」

阿桂在一旁聽得雲裡霧裡。

二奶奶將伍爺遇害的事說給塗丙貴知道後，再道：「我還去信給廣州、梧州、韶關、江門的分舵，相信他們不久就會趕到。」

「我有三百人馬就在佛山城外紮營，等時候一到，就可以調遣他們。」

「感謝塗舵主義不容辭！」

「好說。」

接著，又有三個洪門舵主來到，和二奶奶擺完杯陣之後，一起上樓進了呂管家房間。

二奶奶：「子時已過，我看江門的分舵是不會來了。大致的情況，我在樓下已經和諸位說過，我已經為各位分舵主訂了房，請諸位盡早歇息，明日我們天一亮就啟程，這是給洪門兄弟們一路上的開銷，請務必收下。」

呂管家把兩個包袱擺到桌上，再隨二奶奶與四奶奶走出客房，將房門關上。

四位分舵主打開包袱，四對眼睛一時睜得雪亮，互相看了一下，把桌上的一千二百塊現大洋全分了。

第二天一早，洪門四個分舵，共一千三百多人馬，從佛山一起浩浩蕩蕩，直到天黑才來到珠海北城門外。

大家在北城門外紮營，預備天一亮，即殺入珠海碼頭。

當晚，二奶奶帶上阿桂和呂管家來到警務局，警務局局長一見到二奶奶當下就傻了眼。

二奶奶在警務局長的辦公桌前坐下，呂管家把一袋重重的包袱，放在辦公桌上打開，警務局長張大嘴看了二奶奶。

二奶奶拿出一根煙，「局長，有沒有火啊？」

局長掏出打火機，走到二奶奶身旁幫二奶奶點上，然後到辦公室門口將門關上。

局長回到自己位子坐下，想不透二奶奶到底要什麼；難道她要我幫她做了廖爺？她應該知道這是不可能，碼頭任何一個幫派的人馬都比我警務局的人還多，只要我抓了廖爺，整個福興堂不衝進來把警務局給翻了！

二奶奶吐了一口煙說：「這裡一共八百個袁大頭，請整個警務局明天放一天假，什麼都不管，夠不夠？」

局長：「二奶奶，妳到底要做什麼？」

二奶奶：「我有一千多個人，明天會鏟平福興堂，你什麼都看不到就行了，拿下福興的地盤以後，每個月的油水我會照給。」

「二奶奶，妳別開玩笑了！妳和斧頭幫的人加起來都沒有一千個人，妳到底要搞什麼？」

「斧頭幫沒有，可是洪門有呀！」

警務局長想了又想，妳一個女人可以在一夜之間從洪門調到一千多個人？⋯⋯還是不可能！

「二奶奶，我不是三歲小孩子，妳到底要幹什麼？妳要鏟平福興我不管，但是妳得告訴我妳到底要幹嘛，我才能跟廣州交代啊！」

「明天整個警務局放一天假，不管發生什麼事，你都看不到，我洪門要是有任何死傷，也不用你負責，這樣可以嗎？」

「這當然可以⋯⋯」

「那就行了！」二奶奶不等局長說完，「下個月初七，我們老四生日，早點到啊！好久沒和局長您摸上幾圈了！」站起來走出局長辦公室。

　　　　　● ● ●

　　天一亮，整個珠海買不到一個包子和饅頭，全部讓人訂了送到北城外。

　　探子回到北城外，「二奶奶，清楚了！福興堂堂主和楊師爺都在家裡睡覺。」

　　二奶奶對四位分舵主說：「位置確定了，我們出發。」

　　一千三百多人一進珠海城門便兵分兩路，一半朝福興堂堂主家，一半朝楊師爺家。

　　廖爺被手下的敲門聲吵醒，一股火地走去打開房門，「吊你嘛！現在才幾點，什麼事等你爸睡醒再說。」

　　「廖爺，有一千多人正朝我們這邊過來。」

　　廖爺一巴掌打下去，「我吊你嘛！我們的人和斧頭幫的加起來都沒這麼多，你昨晚喝了多少酒？」把門重重地關上，再回到床上躺下。想了一下，「吊你嘛！搞得你爸沒睡意。」下床到窗戶旁拉開窗簾探頭一看。

　　廖爺住的是洋房，房間在二樓，他朝窗外一看便嚇了一跳！

　　這少說沒上千也有八、九百人，哪來的這麼多人？

　　哪來的已經不重要，重要的是他們氣勢洶洶正朝我這邊

跑過來，把我的人都叫來也不夠打。

廖爺立刻搖電話到警務局。

「喂！珠海警務局。」

「你們快點派人過來，我是福興堂的廖爺，有好幾百個人朝我這裡殺過來！」

「對不起啊！警務局今天公休。」

「公休？什麼日子公休？」

「今天是兒童節，所以公休，請您留下姓名和地址……」

「吊你嘛！」廖爺把電話摔個稀爛，「只會收錢，不會辦一點正事……」再往窗外一看，幾百個人已經快要殺到門口，廖爺從床櫃裡拿出一支槍，上衣都來不及穿就跑下樓。

一下樓就看到一堆人踢破客廳大門衝進來，廖爺開槍打死幾個，再回頭往樓上跑，跳窗出去，著地的時候摔斷一隻腿，接著被亂刀劈死。

阿桂跟著二奶奶來到廖爺屍體前，叫人將他翻過身，確認是廖爺。

楊師爺非常機靈，門口傳來幾聲槍響就立即跳下床往外看，馬上從屋子的後門逃走。

洪門子弟兵衝進臥房見不到人，一模床上還是溫的，立即再從後門追出去。

楊師爺一直跑到了斧頭幫的地盤，洪門的人停在地盤的界限外叫囂。

楊師爺狠狠地找到斧頭幫幫主，「我們一起出去幹掉他們，洪門的地盤我們一人一半。」

斧頭幫幫主：「你連你福興的地盤全給我我也不要，外面上千個人，我幹掉他們以後，他們再來個幾千人找我，我不更難搞。」對身邊的手下說：「綁起來交出去！」

楊師爺被斧頭幫的人用麻繩捆著帶出來。楊師爺見二奶奶和四奶奶身後站著一千多人，每個人手上都是利器，嚇得牙齒上下震。

楊師爺被推到二奶奶面前跪了下來，斧頭幫幫主：「面子賣給妳，人我交出來了，我們井水不犯河水。」

二奶奶：「可以。」

斧頭幫幫主轉身往回走，就聽到楊師爺向二奶奶求饒，「我把海洛因都給妳，我知道海洛因放在哪裡，我還可以幫妳賺很多錢，阿虎死了，妳可以用我，碼頭、賭場、妓院、煙館我都會做……」

接著一聲慘叫，再也聽不到楊師爺的聲音。

二奶奶這時候在掙扎，要不要踏進斧頭幫的地盤，利用這個機會把整個斧頭幫一併給滅了？過了現在這個時機，以後再也沒有這樣的機會，二奶奶在盤算，在衡量，到底要不要？

四個洪門分舵主把人馬調走，按照計畫要前往碼頭鏟平福興所有的人，二奶奶看著洪門一千三百多人在她眼前走掉。

　　一個小時後，珠海碼頭近乎一半都是紅血鋪成的，等洪門的人全部散去，碼頭上除了海浪聲，就是四處的蒼蠅聲。

　　二奶奶開始擔心，現在福興的人死光了，伍爺的手下剩的全是煙鬼，洪門四個分舵的人要是一離開珠海，斧頭幫要殺過來可是易如反掌。她的心又開始糾結起來，到底要不要利用現在的機會連斧頭幫一起做掉？

● ● ●

　　二奶奶和阿桂，身後只帶了兩名保鏢，走進查理斯住的客棧，出現在查理斯房門口。

　　查理斯幾乎無法相信，看著二奶奶說不出話，動也不動。

　　「查理斯，不請我進去坐？」二奶奶說。

　　「請進來！請進來！」查理斯對二奶奶恭恭敬敬地說。

　　二奶奶和阿桂一坐下，查爾斯馬上斟茶。

　　我看查理斯幫二奶奶斟茶的時候，還睜大眼不時看著我們身後的保鏢。

　　查理斯在我們面前坐下，還是說不出話。

　　二奶奶先點煙抽了一口，接著看向查理斯雙眼，「福興堂的人已經被我全殺光，以後海洛因的生意跟我做就可以了。」

　　查爾斯：「當然，這個世界上已經沒有福興堂了，我只能跟妳做。」

　　二奶奶：「可是還有斧頭幫，所以我希望以後有什麼生意，先來找我們，我們給的價錢絕對比斧頭幫好。」

　　查理斯不斷點頭說：「我明白！我明白！」

　　二奶奶：「有空到伍府來坐，我們除了談生意，還可以打打牌。」

查理斯還是不斷點頭，「好的，我明白！我明白！」

「那就不打擾了！下一批海洛因到珠海前，早點通知我。」我和二奶奶站起來走出查理斯的房間，查理斯跟在我們後面，一直送我們出到客棧大門外。

為了海洛因的生意，雖然到頭來還拿到了福興堂的地盤，可是死了伍爺和虎哥，犧牲了不少我們珠海血濃情義的潮州兄弟，就只是為了海洛因的生意！

婊無情，賭無義，吃煙無志氣！

我曾經厭惡伍爺所做的一切，他經營賭場、煙館、妓院，這些讓人身陷無法自拔的生意，他的手下每日勞苦汗流，把賺來的錢再交還給他，特別是經歷過真正貧困的我，感受好深。後來我完全不這麼想，因為我看這些貧苦、勞力挨受的人，他們身在如此深沉的漩渦中，日子過得很高興，他們從來沒想過要自拔。更讓我驚訝的是，這些東西還是他們生命源頭的重心！

多少碼頭的苦力，白天頂著幾十斤的貨，日子慢慢地挨，命慢慢地拖，就是為了挨到黃昏可以到來，他們就能夠上煙館感受鴉片的世界。如果不是為了大煙，他們也不會如此甘心地辛勤付出。

　　重整碼頭以後，二奶奶從汕頭調來九百名潮州苦力，當時是民國十三年，汕頭颱風過後的第二年。

　　據說汕頭颱風在當地造成近十萬人死亡和嚴重的損害，汕頭人在當地無法耕作，個個想往外頭跑。二奶奶親自到汕頭，挑選了九百名潮州壯丁帶到珠海，也利用這個機會做了人力大換血，把原有大煙癮的苦力全部淘汰，碼頭的勢力範圍不僅擴大了一倍，勞工與人力也煥然一新，潮州人在碼頭的實力大大威脅了斧頭幫。

　　因為阿桂之前就對碼頭的作業熟悉，九百名潮州苦力一到珠海，她和二奶奶僅花了五天，就把福興堂佔來的地盤正常作業起來，不只讓斧頭幫和查理斯刮目相看，更讓整個珠海都知道，現在碼頭三分之二的地盤，是由伍府的二姨太和四姨太掌管。

　　經歷過對福興堂的血腥殺戮，阿桂很快變得更穩重、更嚴肅，平時穿的是淡色的旗袍在碼頭出入，和二奶奶體面的風格形成對比，穿旗袍是要讓人辨別出她不是工人，著淡色是要和工頭們接近，容易共事。她常常在午飯的時候，和工頭們同桌，還能和他們喝上幾杯，該兇的時候，嘴裡也罵得出人家的父母。碼頭上不管有什麼事，工頭們都可以隨

時來問她，她和工頭們沒距離，懂碼頭作業，行事果斷亦具有魄力。有時候還會巡視煙館、妓院、賭場，遇上老千，還能親自下莊，靠伍爺教過她的技法出千破千，不管走到哪裡，身後都有兩名保鏢，珠海人人都畢恭畢敬地稱她「四奶奶」。

四奶奶在碼頭完完全全代替了伍爺，而二奶奶，還是二奶奶。

四奶奶幫母親在城裡買了一棟三層樓的洋房，和二弟、三弟搬進去，還請了一個下人。再請二叔和他的孩子也一起搬過去，按照他們的個性，分別安排在碼頭和賭場幹一些不必再花勞力的活，報答當年他們手頭拮据還收留自己一家四口的恩情。

碼頭請了一個從廣州來的男會計，讀過大學，才二十四歲，四奶奶尊重他讀過書，給他的月薪比一般碼頭的文職還多兩塊大洋。

這個會計不是潮州人，他出身廣州，叫吳烈文，在廣州讀過暨南大學，二年級的時候參加陳炯明的護法運動，給家裡惹了一些事，才跑到珠海投親，遠離在廣州的政治麻煩。

四奶奶看他文質彬彬，平日一身長袍、一副眼鏡，言語

中不帶穢字，自己從小羨慕別人可以讀書，欣賞讀書人，見到吳烈文時總是特別禮遇，平時嚴肅的臉孔，也會露出偶爾的微笑。在碼頭的公司裡，和吳烈文熟悉一陣之後，吳烈文說：「四奶奶，不要叫我吳先生，您比我年長，叫我烈文就行了。」

不知道為什麼，四奶奶聽了以後特別開心，從此就改口叫他「烈文」。

或許是欣賞讀書人，也或許是喜歡烈文的文質氣在整個碼頭裡與眾不同，四奶奶每次來到碼頭公司的時候，都會叫身後兩個保鏢等在門外，自己進到辦公室和烈文說上幾句，要是只有烈文一個人在的時候，還會和他聊上一陣子。

伍爺走了快兩年，四奶奶還不到三十，不知道從什麼時候起，四奶奶夜晚在床上一躺下，總會想到烈文，不禁地撫摸起自己，這樣過了半年。

直到一天，又是月底，四奶奶來到碼頭辦公室裡查帳，正直八月天，辦公室裡每個人都汗流浹背，烈文將領口的扣子解開，汗水濕透了上半身。四奶奶故意站到烈文身後，叫烈文把今年的帳本解釋給她聽，烈文照帳本的支出一一說道，四奶奶慢慢低下頭看著帳本，把自己的胸部靠上烈文的肩膀，烈文心頭一震，故作不知，繼續讀著帳本，四奶奶看烈文臉上一陣紅潤，再把手伸到帳本上，將一張字條塞到他

手裡，「行了！我差不多知道了。」走出辦公室。

烈文打開字條一看，「今晚七點，泰源酒店一樓西餐廳」。

烈文六點半就到了泰源酒店一樓的西餐廳，這裡是珠海最豪華的酒店，也是唯一有電梯的飯店，他一個人點了一杯咖啡在那裡等著。

七點一過，四奶奶一個人走進來，烈文似乎有點無措。

四奶奶坐下後點了兩客牛排，和烈文談笑風生起來，問他讀大學時的生活，一直聊到他參加廣州的政治運動。讀書人對理想的追求，和珠海的生意人完全不一樣，四奶奶聽得如癡如醉。

吃完了牛排，烈文才問：「四奶奶，今天約我來這裡是要談什麼事嗎？」

四奶奶：「沒事，我們不談公事。」

「哦！」烈文點頭。

四奶奶把一個鑰匙放到桌上推到烈文的面前，「我去結帳。」說完就站起來就走開。

烈文一看鑰匙圈上的牌子是泰源酒店的牌子，牌子上面印有「403」。

烈文的心跳加快，越來越快。

烈文還是來到403房門口，用鑰匙打開房門進去，四奶奶坐在沙發上，桌子上開了一瓶紅酒。

烈文把門關上，慢慢走到四奶奶面前。

「坐，喝一杯！」四奶奶說。

烈文坐下，四奶奶幫他倒了一點紅酒在玻璃酒杯裡，「乾！」兩人碰了杯子，烈文一飲而盡，想靠酒精讓自己放鬆。

四奶奶看得出烈文有些緊張，「今晚和公司的事沒有任何關係，你既然有膽上來，就做個男子漢。」

烈文聽了以後，再幫自己把紅酒倒上半杯，一口喝光，整個人一下子又放鬆了不少。

四奶奶過來坐到烈文腿上，把臉慢慢貼到烈文鼻子上說：「我不是讀書人，不懂大禮，你要個是漢子，就不要做作。」將自己旗袍上的扣子解開，露出一對乳房。烈文張口就把其中一個乳房含上……

每次和烈文歡愉過後，四奶奶就會叫烈文說廣州的事給她聽，廣州的繁華、紅毛在那裡開的餐廳和花店、孫文和陳炯明在廣州號召的政治運動，還有中國歷史，東周列國誌、三國演義、孫子兵法、西方哲學，還教四奶奶識字。四奶奶赤裸在被窩裡，看烈文說得栩栩如生，這是自己一輩子最快樂的時光；而且由內心最深處感覺到，做人要先學會快樂，

再去做生意，沒先有快樂就去拼搏，再多的錢和權，都無法滿足。

四奶奶和烈文走得近，終究傳到了二奶奶耳裡。

二奶奶開始注意四奶奶，她回伍府過夜的時間越來越少，於是派人跟著四奶奶。四奶奶總是到城裡的泰源酒店過夜，每天早上幾乎是烈文先出來，四奶奶才隨後出來。二奶奶親自到泰源酒店去問，四奶奶長期包下一間雙人房，每個月初月結，已經有八個月。

夜至，二奶奶帶了兩個打手，租下他們旁邊的房間，其中一個打手整晚用醫生的聽診器貼著牆邊。二奶奶很清楚，抓奸要在床，他們兩個人才沒話說。

近半夜，帶著聽診器的打手說：「二奶奶，他們開始了。」

二奶奶來到四奶奶的客房門口，拿著從櫃臺「買」來鑰匙，輕輕打開，走到裡面。

四奶奶正在床上和烈文愛的死去活來，**翻騰覆雨**，突然失聲尖叫，一個人站在睡房門口看著他們！烈文被四奶奶的尖叫聲嚇了一跳，再看房門口站著一個人，自己也嚇得叫出來。烈文把身體縮到被窩中，四奶奶狠狠地朝門口的人破口大罵：「浦你母！你怎麼進來的啊？滾出去！」

男子冷冷笑了一下，「把衣服穿好，出來見二奶奶。」

四奶奶的臉色一下轉成死白。

兩個人穿上衣服走出睡房，二奶奶就坐在客廳的沙發上，身邊站著兩個打手。

二奶奶點上煙，慢慢地抽了一口，語氣不變地說：「跪下。」

烈文嚇得半死馬上就跪下來，四奶奶慢慢地也跪下。

二奶奶依然不改語調說：「櫃台說你們住在這間房有八個月了，今天你們是在床上被抓到，還有什麼話說？四妹，妳對得起伍爺嗎？」

四奶奶：「看在我幫妳賺了這麼多錢，還從沒跟妳計較過，妳放過我們吧！」

二奶奶：「妳賺錢不是幫我賺，是幫伍府賺。妳沒跟我計較過，我是老二，妳是老四，那是應該的，我也從沒少給過妳。」

四奶奶：「伍爺已經死了幾年，我們在這裡八個月，是有感情的，妳也是一個人這麼久，妳能夠明白的。放我們走，伍府的那一份我不要了。」

二奶奶聽了內心一驚，房裡安靜了好一陣。

二奶奶：「大夫人是一個人過，我也是一個人，天下有多少寡婦都是一個人過，為什麼妳不可以？我不能讓妳走，伍府的家業還需要妳繼續撐著。我給你們兩條路，伍爺是洪

門的人，要嘛依洪門幫規，打斷四肢；要嘛依伍府家法，打一百大棍。」

吳烈文聽了幾乎嚇破膽，手腳開始發抖。

二奶奶對吳烈文說：「吳先生，妳不是洪門的人，也不是伍府的人，只要你答應我從此離開珠海，今生不得再見四奶奶，我可以網開一面，但是你必須馬上離開，在我改變心意以前不要再讓我見到你。」

「我答應妳，我走！我走！……」烈文手腳發抖地站起來，提心吊膽地朝房門口走去。

四奶奶不敢相信，他們曾在床上相互赤裸地許下一生相愛、今生永不分離的諾言，死也要死在一起，如今他這麼拋下我，就這麼走掉！

四奶奶兩行淚下，死都不信，「烈文，你不要走，烈文！烈文！……」怎麼叫他也不回頭，眼睜睜的看著他離開。那種心痛，是從沒有過的痛，那種酸，麻痺著胸口。

二奶奶：「看看他，這就是妳真心相愛的人嗎？幾句話就打發走了！四妹，妳是瞎了嗎？」

四奶奶原本是跪立著，現在全身無力坐在兩腳上，滿臉淚水，面目沒有一點生趣，沒有任何表情地看向二奶奶，「妳要怎麼樣都好，隨便妳，來吧！」。

「俠義每從屠狗輩，負心多是讀書人！」二奶奶說完站起來，「回家說。」往門外走去。

二奶奶走到門口，「二奶奶！」被其中一個打手叫住。

二奶奶回頭一看，四奶奶癱在地上就像條死蛇，一臉萬念俱灰動也動不了。她知道四奶奶和伍爺之間只有情沒有愛。這才是四奶奶的初戀，把他們拆散，比要她死還痛苦。

「抬回伍府！」二奶奶說。

四奶奶被兩個打手插著肩膀抬起來，架到酒店門口的汽車裏。

●　●　●

　　二奶奶回到伍府後，並沒有對阿桂施行任何幫規或家法，因為她知道阿桂當下已經是生不如死，她更需要阿桂打理碼頭所有的工作。

　　阿桂整天躺在床上形同死人，不再流淚，不再說話，也不再進食，如同等死一般，丫鬟只能把水倒進她嘴裡，把稀飯倒入她口中，她也不吞下去。十天之後，阿桂瘦掉了半個人，再十五天過後，阿桂全身只剩皮包骨，整個臉瘦得型同一個骷顱，極為恐怖！

　　二奶奶叫大夫來診斷，「心病只能有心藥醫，我只能開一些藥讓她安眠定神，如果她再不吃飯，必須強迫進食，否則再活不過十天。」大夫對二奶奶說。

　　二奶奶看三奶奶被福興堂的人輪暴以後，從醫院回來整個人就瘋了，平時在伍府像個幽魂一樣自言自語，走來走去，連茅房也不會自己上。四奶奶如今出不了房門，就像個活死人，連飯也不吃，就在房裡等死。如果不能把四奶奶治好，伍府一家和碼頭生意的擔子，自己一個人實在會被壓垮，心裡更會愧對伍爺。

　　大夫人又說：「要不請四姨太家那邊的人來看看，說不定親人勸的話，她聽得進去。」

阿桂的母親和兩個弟弟來，看見阿桂躺在床上如同一具活乾屍，認不出是她！當年在老家連年乾旱沒東西吃的時候，也沒有瘦成這樣！

　　母親還有兩個弟弟抱住阿桂大哭起來，阿桂才有了反應，流出眼淚。

　　母親對阿桂說：「我們在河源沒餓死，來珠海的路上失去了妳阿爸，可終於保住了你們三個孩子的命。剛到珠海為了生存，我幫人家洗衣服、清茅房，挑屎挑糞，被人罵、被人嫌，沒有任何人格和尊嚴，為了就是要三餐有口飯，能和妳們一起活下來。妳今天有飯吃還不吃，如果這樣死在我面前，我們之前受的苦，還有什麼意義呢？到頭來還是看妳比我先走，我活著還有什麼意思呢？人生是會作弄人的，會有很多不如意和不公平的事讓妳咽不下去。我們要能夠不在意、盲目地活下去，才會再看到好的事情再來臨。我要是當初放棄了，如今能夠看到你們三個孩子長大，看到妳們天天可以吃飽飯的快樂嗎？」

　　母親拿起粥餵阿桂，滿臉淚水地說：「阿桂，張開嘴，用力吞下去！用力的吞！才能看到人生接下來好的事……」

　　阿桂終於吃了兩碗粥，可以看到肚子稍微鼓起。「謝謝！阿桂，謝謝妳！……」阿娘抱著阿桂高興地再哭了出來。

阿娘每天來餵阿桂喝粥，一個月後阿桂開始吃飯，加上伍府花得起錢請大夫每隔五天就來幫阿桂把脈開藥，再一個月後阿桂氣色就開始好轉，身體也好得很快。

　　黃昏時阿娘扶著阿桂在伍府後院散步，阿桂看到枝頭上的麻雀吟鳴，再見夕陽照在自己身上的陽光，頓時感覺到了大地與生命，不禁淚流滿面。

　　四個月後阿桂回到碼頭重掌大局，極少如同以往地與工頭們融於一片，常常凝視烈文辦公桌的角落，不時露出一絲美好的微笑。

　　　　● ● ●

　　自武昌起義後，十五個省脫離滿清，由民國取代大清，短短五年內，中國再次出現三國的局面，有北洋軍、西北軍和孫文在廣東的粵軍，三方勢力不是年年革命就是內鬥激戰，沒有停息過，如同子彈不用錢似的。每個新大佬一上台，就要搞搞新氣象，搞幾個為國為民的噱頭哄哄老百姓，「禁煙」就是其中一項。年頭大禁大抓，年尾就愛理不理，每一回都是如此。只要一有新的領導者抓權，珠海的煙館就必須關上半載到一年，海洛因的生意也是如此，這時候的大煙和海洛因就靠走私上岸。

　　民國十四年，黃埔軍校在廣州成立第二年，孫中山過世，國共合作開始分裂，黃埔軍校開始內鬥，派系重新洗牌，軍校所有學生與廣東省內的軍隊皆屬國民革命軍。國民革命軍次年在廣州誓師北伐，蔣介石在年底出歧國民黨，調動廣州國民政府北遷武漢。地方政府與部隊一走，防守走私大煙與海洛因立即鬆懈，所有廣東沿海走私船隻大大興起，海盜也更加猖獗，走私船隻不時遇上海盜行搶，損失慘重。

　　近來更有謠傳，出沒珠海的海盜不少是斧頭幫假扮，專搶伍府的走私船。只要伍府的走私船在南海上從英國貨輪一

接下貨，一調頭返航珠海就頻頻被劫，可是二奶奶一直苦無證據。

珠海西郊一間紡織廠的老闆彭啟來，隨著政局動蕩不安，廠房開開停停，今年年初決定再次開業，並且在珠海城中開一家西服店，邀請珠海各界鄉紳參加開幕式，二奶奶和四奶奶都收到請帖。

二奶奶和四奶奶當天穿著體面，在正午人同花籃一起抵達西服店。西服店不大，請的人多，還外加記者，阿桂被擠得不太好受。放了鞭炮以後，大家不停向彭老闆道賀、合照。

有商界的人問彭老闆：「現在政府的局勢一直不穩定，您還敢開業，勇氣可嘉啊！」

彭老闆：「我倒不這麼看！不同局勢，生意有不同的做法。宣統二年的時候，我就已經覺得會亂上一陣子，那時候我就開始只做歐洲的訂單，所以改朝換代和打仗對我的影響不大。」

「如果影響不大的話，我看你的紡織廠開開停停也有七、八次了吧！」

「哎呀！」彭老闆苦笑了一下，「我的廠子開開停停那是要應付國民黨呀！國民政府在廣州，離我們這麼近，他們一下子要北伐，一下子要蓋軍校，一下子要買武器，老是來找我要錢。我歐洲的訂單是接不完，可如果不把廠房先關

上一陣子，他們就把我當成金山銀山老是來伸手，你說煩不煩，何況他們還是拿槍桿子的！」

「是啊！」造船廠的李老闆說，「他們也每年來找我捐錢，我都頭疼死了！」

「彭老闆，你裝窮這招，我們還得學學！」

大家都笑起來。

「彭老闆，你生意既然是對歐洲的，怎麼還開起店面來了？」

「孫文這個革命家死了，蔣介石這個愛打仗的搬到武漢去了，聽說黃埔軍校也要搬過去，這下我們廣東的生意人終於可以鬆口氣了！加上我三子兩個月前從巴黎回來，他在巴黎學的是紡織和服裝設計，等將來局勢一穩定，他就可以在珠海好好施展他在海外所學，造福整個廣東人的穿著和時尚潮流。」彭老闆把兒子從人群中拉出來，「來，介紹給大家認識！我家的老三，彭文定。」

一些富太太在旁邊七嘴八舌起來，「哇！一表人才，結婚了沒有？有沒有對象？⋯⋯」

阿桂的心像是被碰觸了一下！彭文定戴個銀邊眼鏡，斯斯文文的，說起話來很有禮貌，神態好像烈文！

阿桂的心跳開始急促起來，一頭轉身走出西服店，在大馬路旁好好透透氣。

兩天後，阿桂在碼頭巡視，竟然看到彭文定帶了幾個工人來碼頭點貨。

　　阿桂的心跳又開始急促起來，自己很快就走開，進到辦公室裡。經歷過和烈文的事，似乎已經學會認命，自己是伍府的四姨太，這已經是無法再改變的事。

　　想不到沒多久，彭定文竟然走進辦公室來，「請問哪位是四奶奶？」

　　辦公室的人指向阿桂，阿桂看著彭定文一步一步來到她面前。

　　「四奶奶，您好！我是裕發紡織廠的彭文定。」禮貌得遞上一張名片給阿桂。

　　阿桂看了名片一下：裕發紡織廠──經理　彭文定，然後把名片放到桌上，「什麼事？」

　　彭文定：「今後我會常來碼頭出貨，以後可能會常見到面，先來跟您打個招呼。」

　　阿桂沒什麼表情，「好，以後需要什麼的話，到辦公室裡說一聲。」

　　彭文定：「請四奶奶多多關照！」

　　「行了！」阿桂點頭。

　　「就快正午，要不我們一起吃個飯？」

　　「我還有事要做，改天吧！」

　　「好，那改天。」彭文定斯文地走出辦公室。

從此，阿桂常常在碼頭看到彭文定，若是當面遇到，不笑也不多話，只是點頭走過。

一個月後，正值仲夏，珠海不時下起午後陣雨，彭文定來到碼頭辦公室，見到阿桂，不好意思地說：「沒帶傘，避個雨一會就走。」

阿桂：「隨便坐。」轉身對辦公室裡的員工說：「譚叔，給彭經理倒杯茶！」

彭文定：「不用了！不用了！……」

阿桂回到自己辦公桌看帳本，也不和彭文定說話。

彭文定覺得四奶奶很冷漠，看起來也不喜歡和人交際，於是獨自尷尬地坐在椅子上喝茶。

沒多久雨停了，彭文定走了，阿桂心中浮起對烈文的回憶，也散了。

今後只要裕發紡織廠出貨，彭文定都會親自到碼頭監督看貨上了船才離開。

這一天阿桂身後跟著兩個保鏢，在碼頭揪出兩個躲在貨箱後面抽大煙的苦力。

阿桂破口大罵：「工作的時候跑來開小差，在這些木箱旁邊抽大煙有多危險知不知道？引起火災怎麼辦！浦你母！」對身後的保鏢說，「好好教訓這兩個廢物！」

兩個保鏢把這兩個苦力打得鼻青臉腫。

彭文定站在遠處，雖聽不懂阿桂的潮州話，可是見到阿桂的威嚴，還可以叫身後的打手教訓人，非常訝異！

這個女人和自己不是同一類人，還是少跟她接觸的好！

一個月後，阿桂陪阿娘到金臺寺上香，碰到了阿娘的朋友梅姨，「我約了一個朋友到附近的茶樓飲茶，一塊來吧！」

和梅姨一起走進茶樓，坐了沒一會，竟然看到彭文定和他阿娘走進茶樓，還來到他們這一桌坐下。

梅姨：「我來跟你們介紹一下，這是彭夫人和他家的三公子」又說，「這是周夫人和她的女兒。」

彭文定笑著說：「我們見過了！我在碼頭出貨的時候還常見呢！」

梅姨笑說：「唉！這珠海真是小……」

阿桂：「阿娘，你們聊吧！我還要回碼頭做事。」

梅姨：「難得出來陪妳阿娘，再坐一會嘛！」

阿娘：「是啊！我們好久沒一塊出來，吃點東西再走吧！」

阿桂：「那……好吧！」

三個師奶聊起來不知道停，還盡是別人家八卦，阿桂和彭文定只是不時地對望點頭一笑，鬱悶之極。

也不知道過了多久，彭文定先對阿桂開口：「四奶奶今天怎麼有空陪母親出來？」

　　阿桂：「我阿娘每隔一陣子都到金臺寺上香，我有時候會陪她出來。」

　　彭文定：「妳們剛才去了金臺寺？」

　　「是啊。」

　　「我好久沒去了，我小的時候總愛去那裡，金臺寺外面賣麥芽糖的攤子，都會把麥芽糖的形狀做成小狗、小兔子的樣子，我買了都捨不得吃！」

　　阿桂聽了眼睛睜大起來，「你是珠海人？你小時候還有哪些地方好玩的？」阿桂小時候家裡窮，最羨慕別家小孩子手中有好吃和好玩的東西。

　　「是啊！我家一直在珠海鬥門，沒有搬過。那個時候我最愛看連環畫了，只要新一集的諸葛四郎連環畫出來，我們家五個孩子都搶著看，而且一看再看，還有……糖葫蘆……」

　　「糖葫蘆！我們河源也有，裡面是包什麼的？……」

　　「包……蜜餞、小西紅柿、小蔗梨都有，我最喜歡的是包蔗梨的……」

　　阿桂突然像個小女孩一樣，兩個人竟然聊開了！

　　彭文定又說了不少在巴黎吃的和玩的，阿桂聽得津津有味。

一桌三老兩少，把整個下午都聊掉。

　　回家的路上，阿娘說：「剛才一邊聊一邊吃，嘴都沒停過，一會晚飯都不用吃了！」

　　阿桂：「我也是，坐了一下午吃了三籠蘿蔔糕。」

　　「妳從小就喜歡吃蘿蔔糕！」阿娘說，「彭夫人的孩子還真乖，現在很少有兒子會陪老人家出來逛了。我看你們還聊挺多的！」

　　「他在巴黎待了四年，見識還不少。」

　　「是啊！聽說還交了一個紅毛姑娘，兩個人在巴黎訂婚了。」

　　阿桂心裡不太舒服，「我們唐人跟紅毛怎麼一起過啊？吃的都不一樣。」

　　「人家在巴黎待了這麼久，我看都是個半唐番了，他們年輕人喜歡就行了……」

　　「等結了婚才發現過不下去，那怎麼行……」

　　「你看他穿西服的派頭，多像個紅毛……」

　　「哼！一點都不像……紅毛的西服哪裡有我們唐人的長袍斯文……」

　　幾天後，在碼頭一個英國紅毛帶著一個中國翻譯和阿桂商量事情，講到最後英國紅毛竟然越說越激動。

彭文定剛剛帶了一批貨到碼頭從卡車運下來，見到這個情況便走過來。

彭文定在阿桂身後站了一會，看到阿桂身旁其中一個保鑣上前要打這個英國紅毛，「浦你母！講話沒大沒小的……」

彭文定立刻上前拉住了這個保鑣，對阿桂說：「我剛剛在旁邊聽了一會，這個紅毛的翻譯有問題，他根本就不會英國話，紅毛要他說的他全翻譯錯了！」

翻譯大罵：「你什麼意思啊？這裡什麼時候輪到你個外人來插手？你聽得的懂英國話嗎你……」

彭文定用英國話對紅毛說：「你的翻譯有問題！他的英語不行，製造了很多誤會！」

英國紅毛愣住，「你可以幫我翻譯嗎？」

「可以。」彭文定說。

「幹什麼？你搶我的飯碗啊！」翻譯又罵起來。

彭文定不理他，對英國紅毛說：「請把你的需求告訴我。」

英國紅毛對彭文定說了一會，彭文定再對阿桂說：「他下個月有兩批貨會到，一批從倫敦過來，是貨輪，妳可不可以派小船到海上幫他卸貨載到珠海碼頭？第二批貨從荷蘭過來，但是停在寧波碼頭，妳可不可以派人去接貨，不知道是走水路便宜還是陸路便宜？他都會付錢，要多少錢？」

彭文定一五一十地翻譯給阿桂聽，阿桂瞪了紅毛的翻譯說：「怎麼和你說的不一樣？」

　　紅毛的翻譯指著彭文定罵出來：「你什麼意思啊！搶我的生意……」

　　阿桂其中一個保鏢上前給了翻譯一巴掌，再踢了他肚子一腳，「浦你母！根本不懂紅毛的話還敢來這裡騙錢……」

　　阿桂就在一旁看著，等翻譯被打在地上說不出話，她才不慌不忙地對彭文定說：「我們有小船專門到海上載貨回珠海碼頭，價錢是……寧波我們也能去……」

　　彭文定再以英國話翻譯給紅毛聽，英國紅毛說：「原來這麼簡單！剛才這個混蛋跟我說要我去香港自己租船……」

　　彭文定對英國紅毛說：「天啊！四奶奶完全沒有這個意思！我看是你的翻譯不懂你的英文，才造成這樣的誤會。」

　　英國紅毛：「你的英國話真好！要不要來幫我做事？」

　　彭文定：「很遺憾！我有自己的公司要忙，沒有時間，但是我可以幫你找一個讓你可以信任的翻譯員。」

　　英國紅毛：「太好了！我很感謝你的幫助。」

　　彭文定：「你有名片嗎？我如何聯繫你？」

　　英國紅毛拿出名片給彭文定，彭文定也給了他一張自己的名片，「請等我的消息！幾天之內，我會與你聯繫。」

　　英國紅毛走的時候，用英國話對倒在地上的翻譯說：

「你被解雇了，我一毛錢也不會給你！」，然後搖搖頭再說：「都不知道你能不能聽懂我說的？」接著嘆口氣離開。

阿桂對地上的翻譯說：「你這個騙子，別讓我在碼頭上再看見你，滾！」

翻譯看阿桂不過是一介女流，大罵：「憑什麼！碼頭妳的啊？」

翻譯罵完後，這次被兩個保鏢揍得更慘，一隻腳幾乎被打斷，然後被抓著頭髮狠狠警告，「這個碼頭是妳面前這個伍府四奶奶一個人的，你現在是在她的地盤上，到四處打聽一下，不服的話再過來，懂不懂？」

「懂，懂……」翻譯一身傷用爬的離開。

彭文定：「聽他的廣東話不像本地人，什麼都搞不清楚，算了！」

阿桂：「謝謝妳！彭公子。」

「沒事！」

「你是留學法國巴黎的，怎麼連英國話也會？」

「英國離法國很近，我在巴黎的時候常常到英國幫家父洽商，學過一點。」

「原來如此！一起吃中飯吧！」

「好啊！四奶奶能不能等我一下，讓我先把貨上完。」

「好！我在辦公室等你。」

阿桂和彭文定到碼頭外的餐廳吃飯，看著彭文定說話、看著他笑、他的一舉一動，阿桂居然陷入了一種美好的迷失！

　　從此阿桂天天盼著能再見到彭文定來碼頭上貨。

伍府。

二奶奶和阿桂在書房內。

二奶奶：「我已經把風聲放出去了，三天後的黃昏我們會有一批海洛因到珠海，這次的數量非常大，我們的漁船會去跟英國貨輪接貨，斧頭幫一定會動手。我把時間訂在黃昏，到時候天色呈暗，表面上看起來對他們有利，實際上是對我們有利，我們有六條漁船全部備槍在附近的小島上死死盯著，只要一被搶馬上就靠過來。這次只要抓到斧頭幫的人，一有了證據什麼都好辦。」

三天後，二奶奶在快黃昏的時候走進碼頭辦公室，從辦公室窗口目送一艘漁船出港後，香煙一根接著一根抽。

一個時辰後，工頭阿鐵走進辦公室，「二奶奶，四奶奶，抓到了，的確是斧頭幫的人，一共十七個，圍剿的時候他們有抵抗，開槍打死了四個。」

二奶奶：「押到貨倉，叫斧頭幫過來拿人。」

阿桂和二奶奶來到貨倉，地上有四具屍體還有十三個人被綁在地上，個個都已經被打到鼻青臉腫，周圍圍著三、

四十個碼頭苦力，都是洪門的人。

工頭阿鐵走向前，「二奶奶，四奶奶，好幾個都認了，之前海上好幾單貨也都是他們搶的。」

二奶奶：「好，我們的人呢？」

阿鐵揮手大叫：「全都出來，讓二奶奶看一下。」

貨倉裡能躲人的地方都站出了人，每個人都拿著長刀。

阿鐵：「有將近兩百人。」

二奶奶點頭，「嗯。」

阿鐵再大喊：「全部回去。」

所有人再躲回原來的地方。

等過了半個時辰，斧頭幫幫主才慢條斯理地走進貨倉，後面跟了十幾個人，貨倉外站了上百個人沒進來。

二奶奶冷冷笑道：「阿鏗，不過是來認幾個人還帶這麼多人馬，心虛啊？」

斧頭幫老大：「一進來就給我扣個帽子戴，幹什麼？想栽贓啊？」

二奶奶：「你看看，都是你斧頭幫的人，他們好幾個都認了，我之前好幾趟的鴉片跟海洛因也是你幹的，這筆帳怎麼算啊？」

斧頭幫老大走到這十幾個人面前，再走到地上四具死屍前面看了一下，「這些人被打得鼻青臉腫，我根本認不出他們是誰啊！地上死的這四個，我也沒見過啊！」

二奶奶：「那就是不認了？」

「要不死了，不能對質，要不個個面目全非，我人都認不出來，妳要我怎麼認？」

二奶奶對阿鐵看了一眼，阿鐵抓著其中一個活人質的衣領，把他從地上拉起來，踢到斧頭幫幫主跟前。

人質一身都是傷，痛苦地說：「老大……救我！……」

斧頭幫老大：「你是誰啊？」

「我……是……阿飛……」

斧頭幫老大看向二奶奶：「我這輩子從來不認識有叫什麼阿飛的？」

二奶奶：「你可以啊！看著自己兄弟在面前還見死不救，你叫人家以後怎麼再跟你混？」

「我看這樣吧！你把他們的傷都養好，等他們臉上都消腫了，我才能認。只要是我的人，我絕對認，現在個個腫得像豬頭，連他們親娘都認不出他們是誰啊！到時候再叫我喔！」轉身想走。

二奶奶：「好呀！他們既然不是你的人，那我把他們都殺了也不關你的事囉！」，轉向阿鐵：「全幹掉！」

阿鐵拿著槍走到其中一個人質面前，把槍朝著他的腦袋。

「老大，救我啊！老大，老大……」

二奶奶：「阿鏗！真的不認？這件事不是不能解決。」

斧頭幫老大停了一下，沒回頭繼續走。

二奶奶使了個眼色，阿鐵開槍打死一名人質，接著所有人質直全部嚇得對斧頭幫老大叫了起來，「老大！你不要走啊！」，「老大，救我啊！」不停地叫著。

　　斧頭幫老大的腳步又停了一次，還是沒有回頭繼續再走。

　　阿鐵對人質說：「不要怪我！是你們的老大不要你們，下輩子眼睛睜亮點，不要再跟錯人。」接著人質一個接一個被阿鐵開槍打死。

　　你再三搶我的貨，今日還死不認帳，我就在你面前殺了你的人，讓你顏面掃地，讓你的名聲在整個珠海碼頭冠上不顧兄弟性命之不仁，搶他人財路之不義，同時讓你知道從今以後，你出多少人搶我的貨就殺你多少人，還讓你搶不到貨。

　　二奶奶照道上規矩路已經處理得處處到位，阿鏗也認慫沒有要翻臉的意思，阿桂突然大聲說：「阿鏗！今天不管你認不認，都當貨是你搶的，所有人出來！」

　　二奶奶看向阿桂，「四妹，妳幹什麼？」

　　斧頭幫老大回頭一看，怎麼突然冒出這麼多人！當下一慌，立刻對倉庫大門外的手下揮手大喊：「進來幹掉他們！統統進來！……快進來，快進來！……」

　　二奶奶立即大喊：「把倉庫門關上，不要讓他們進來！」

　　外面斧頭幫的人馬幾乎全衝了進來倉庫門才被關上，倉

庫裡面一下變成「能夠活著走出去才是勝者」的殺戮戰場。

阿鐵大叫：「保護好二奶奶和四奶奶！」

兩邊的人差不多都在百來人上下，都有傢伙、有槍，可是近距離搏殺，因為沒有足夠的時間裝新子彈，槍很快就無法再用。利器的撕鬥聲，血流不止的哀嚎聲，整個倉庫盡是嘶喊和血腥味，很快成為一片血紅的煉獄。

斧頭幫老大的身手很好，兩把斧頭在手，一手砍，一手拋，再殺到被斧頭拋中的人身上將斧頭拔出，繼續接著砍。他明白擒賊先擒王，一直朝二奶奶和四奶奶的方向不要命地劈過來。就利用今天撕破臉的機會把伍府二奶奶和四奶奶給做了，只要做了她們兩個，別說鴉片和海洛因的生意，連整個珠海碼頭都是我一個人的。

圍在二奶奶與四奶奶身邊的手下，只要有斧頭幫的人殺過來，就一個接一個向前殺去，圍在身邊的手下很快全殺出去，只剩下她們兩人，她們開始向一邊跑開，到處都是廝殺，邊躲邊跑。

二奶奶和四奶奶跑到一個角落無路可走，開始往囤貨的木箱上面爬。四奶奶年輕，身手比較快，爬在二奶奶上面，等爬到最上面一層，二奶奶的手攀上來，竟被四奶奶撥開。

二奶奶臉色大變，「四妹，妳幹什麼？」

阿桂對二奶奶說：「使我有洛陽二頃田，安能佩六國相印」這是當年烈文對阿桂說過戰國中的故事；當初你若給我

一點點後路，今天就沒有我這個敵人！

二奶奶心中像是被刺進了一刀，抬頭看著阿桂，「四妹，妳在說什麼？」

阿桂：「吳烈文是我一生最愛的人，妳毀滅了我這一生最美好的時光。」

「妳在說什麼！難道妳沒看出來他對妳是虛情假意嗎？是他離開妳啊！」

「但是他給了我從沒有過的幸福，是妳打碎了我擁有的這種幸福，就算他對我是虛情假意，我寧願他一輩子這麼對我！」

「四妹，妳瘋了！我一直都在妳這邊呀！我們都是伍府的人啊！」

「只有妳不在，我才能有自由。」

二奶奶聽了臉色馬上轉白，趕緊再爬下貨箱，要找別的路躲開地面的一片殺戮。

這時阿桂的目光掃向斧頭幫老大，雙手圍著嘴對他不斷吼叫：「阿鏗，阿鏗，你過來！阿鏗，過來啊！……」

斧頭幫老大朝叫聲望去，看到二奶奶剛從貨箱上爬落地，將手中的斧頭一拋，打中二奶奶大腿，紅血隨即滾滾落地，馬上跑過來，在二奶奶背上再劈上兩斧，二奶奶當場斷氣。

斧頭幫老大再抬頭狠狠地看向阿桂，只要再幹掉伍府的

四奶奶，潮州幫立刻群龍無首，也沒有人搬得動洪門的救兵過來，整個珠海碼頭就全都是我一個人的。

阿桂這時緊張地對阿鐵大喊：「阿鐵！阿鐵！救我……」

阿鐵叫住身旁幾個洪門兄弟，一起奮不顧身殺過來，見斧頭幫老大朝四奶奶爬上去，撿起地上一把斧頭朝他拋去，拋中他半個屁股，斧頭幫老大痛得整個人摔到地上，摔裂盆骨在地上無法動彈，阿鐵不要命地衝過來一刀往斧頭幫老大胸口刺下去。

阿桂大大地鬆了一口氣，額頭冒出冷汗，慢慢地將目光再移向下面二奶奶的屍體，狠狠地咬著牙，只要等到機會，我一定要弄死妳，就算玉石俱焚，妳也非死不可。

先製造混亂的情況，在混亂中找機會在背後做掉她，這樣就沒有人知道是我做的，不管再怎麼危險，也不能放過這個千載難逢的機會，我才有再愛的自由，否則生不如死！

阿鐵和幾個洪門兄弟保護四奶奶出了貨倉，四奶奶立刻回頭對阿鐵說：「斧頭幫現在群龍無首，馬上召集我們所有人馬，進倉庫做掉所有斧頭幫的人，然後清點人數，今天一定要殺進斧頭幫的地盤，不能讓他們有喘息的機會，一鼓作氣拿下斧頭幫整個地盤，幹掉斧頭幫所有人為二奶奶報仇！

事成之後，所有煙館和妓院都讓你管。」

不到半個時辰，近八百人的潮州幫殺進斧頭幫盤，天亮前拿下了斧頭幫整個盤地。

斧頭幫的餘黨也不曾東山再起，從此後珠海不再有斧頭幫出現過。

青蛙背著蠍子過河，游到河中間，蠍子要蟄死青蛙。

青蛙：「要是蟄死我，妳會淹死。」

蠍子：「我知道，但我還是要妳死，因為我是一隻蠍子。」

有些人，不可以用一般人的邏輯解讀，特別是那種大成或是大敗的人。

●　●　●

　　阿桂從床上醒來，一睜開眼就發呆，昨晚發生太多事，腦子不知道要從哪一樁先開始，今天要從哪件事先開始處理。

　　平時都是二奶奶抓主意，自己再去做……嗯！先叫呂管家處理二奶奶的白事，再到分配自己的人進去各個位置……。

　　阿桂洗了臉走出臥房到飯廳，見到所有下人的衣袖上都綁了灰麻布。來到飯廳坐下，看牆上的鐘已經過了正午一點，下人把午飯端上，阿桂沒吃上幾口呂管家就走進來。

　　「四奶奶！」呂管家對阿桂行了早禮。

　　「嗯。」阿桂邊吃邊應聲到。

　　「二奶奶的大體已經拿回來了安置在前廳，我已請人化了妝換上壽衣，待會請您去看看接下來要怎麼做。」

　　阿桂喝了一口湯說：「該怎麼做你就怎麼做，不必再問我，讓二奶奶早點入土為安，不要拖。」

　　「明白，明白。」

　　「叫車子準備好。」

　　「是，……那這個……二奶奶的丫鬟阿荷，您看讓她幹些什麼好？」

　　阿桂一聽到阿荷心中就來火，本來剛到伍府做下人的

時候跟她還好好的，一過門做伍府四姨太的時候她竟然合著二奶奶一起整我，等我後來上位和二奶奶一起掌管伍府家業了，她還是見到我就擺個臉色給我看，浦你母！「讓她回老家，二奶奶昨天就不在了，她的工錢算到昨天為止。」

「啊？」呂管家楞了一下，以為四奶奶會安排其它活給她做，阿荷在伍府伺候二奶奶半輩子了，以她現在這樣的年紀離開伍府，要嫁人或是要再找工做都難，難免會讓人覺得伍府待她刻薄！

「幹什麼？」阿桂停下手中的筷子看著呂管家，「聽不懂嗎？還有事嗎？」

「沒事，沒事……有。」

「還有什麼事？」

「紡織廠的三公子彭文定先生一大早就來找您了，您還沒醒，他說他要等，我讓他在東院小廳候著………」

阿桂隱藏不住臉上的喜雀，隨即放下碗筷站了起來，「怎麼不把我叫醒，讓人家等那麼久多失禮！……」快步往東院小廳走去。

阿桂進了東院腳步稍些放慢，伸手梳理了一下自己頭髮才走進小廳，就見彭文定一人斯斯文文地坐在房裡。

「彭先生，真是失敬！我剛醒下人才告訴我你在等我……」

「我一大早就聽說昨晚碼頭上出了事，府上二奶奶還出了意外，妳沒事吧？」

「我沒事，碼頭上都是粗人，有時候打打鬧鬧是常有的事，我們見多了……」阿桂有意把事情輕描淡寫，不想嚇壞彭文定這樣的讀書人。

彭文定沒等阿桂把話說完，用手指向她脖子一處傷口，「妳這裡是昨晚在碼頭受的傷嗎？傷口好像很深，沒傷到大動脈吧？」

「什麼是大動脈？」

「大動脈…就是血管。」

「沒有，傷到血管的話還能站在這裡跟你說話嗎？」阿桂笑了出來，隨性地去把彭文定的手指頭撥開，想不到一碰到他的手竟捨不得放。

彭文定見阿桂握著自己的手，再看阿桂雙眼望著自己，二人竟這般久久不語。

你知道嗎？昨晚的一切都是為了能和你一起。

背後突然傳來刺耳的開門聲，兩人立刻把手放下，下女端了兩杯茶走進來放在桌上，下女離開的時候多看了彭文定一眼，這堂堂六尺的大男人怎麼看起來這麼害臊，像個姑娘家似的。

阿桂：「都過了午飯時間了，你一大早就來，現在一定餓壞了，走！我請你吃飯。」

彭文定：「不會耽誤您時間辦正事吧？」

「天大的事吃完飯再說，不然哪來的力氣辦事呢？」

彭文定笑了出來，「我請妳吃，坐我的車吧，我的司機在外面。」

「小虹！」阿桂喊了一聲。

剛才端茶的下女推門走進來。

阿桂：「去外面叫彭先生的司機把車開到後門接我們。」

「是。」下女轉身出了小廳。

彭文定：「怎麼不走大門？」

「管家領著下人們在前廳正忙著，搞得亂七八糟，我們走後院清靜些。」

彭文定跟著阿桂走出東院小廳，「聽說二奶奶她……」

「不提這些，我們吃飯去，你服裝鋪子的生意怎麼樣？……」

伍府隔夜就發喪，二奶奶隨即入土，呂管家找來的風水師都還沒排出良時下葬卻連個屁也不敢放，一切都讓人感到倉促。阿桂成為珠海碼頭唯一掌權者，亦是洪門在珠海的最高領導者，珠海政商界與黑白兩道沒人不敢來弔喪。

喪禮一過，阿桂幾乎天天和彭文定見面，他們要什麼時候見面就什麼時候見面，要去哪裡就去哪裡，不管什麼時

候，彭文定總是握著阿桂的手，在白天、在黃昏、在黑夜、在大街上、甚至在阿桂的保鏢面前，阿桂不在乎。阿桂想不到這次還可以愛得這麼開心，愛得這麼幸福，這麼濃，難道愛情就如同鴉片？讓人那麼快樂！讓人那麼得想要！這次可以自由地愛，義無反顧地愛，沒有人會再阻止。之前的不顧一切，一切的大逆不道都是值得的。我本就是江湖裡的人，不需要貞節牌坊，其他人要說什麼就讓他們說去吧！

　　白天的時候阿桂和文定會聊商場上的見聞，夜裡的時候文定會和阿桂說西方的故事，聖經裡開天闢地的傳說，人類的始祖亞當和夏娃在伊甸園裡的愛情；還有一百多年前大英帝國以蒸汽機取代了勞工，產生了工業革命；自己以前留學的法國，它的全名是法蘭西共和國，就讀的學校在法國最大的城市叫巴黎，它是全歐洲人口最稠密的地方；大約在一百多年前法國曾出過一個領袖叫拿破崙，他像中國的秦始皇，帶兵橫掃整個歐洲……。

　　阿桂聽得如癡如醉，似乎覺得他不是真實的，當下更不是真實，當文定征服她的身體，阿桂徹底地接納，沒有一絲保留地去迎合，他們不止肉體融合在一起，連靈魂也無法再分開。

　　半年後，阿桂改回原姓，不再姓伍，碼頭和整個珠海，凡見到阿桂都稱她「周老闆」。周老闆和平時一樣總是穿著素色旗袍穿梭在三教九流之中，一個人掌管整個珠海碼頭和

所有煙、賭、嫖，還不時參與洪門在中原的事宜；她雖然看上去比以前瘦，可總是面色紅潤帶光，時不時地比以往多了點微笑，那微笑裡似乎藏點帶澀的滴蜜。

為了讓紅毛對珠海碼頭放心，維持海外進出口貿易順暢，阿桂組織海上保衛船隊三十艘，先是一舉消滅棲息在珠海與香港之間眾多小島上的海盜，再提供平價中小型運輸船支到海上的貨輪接貨，同時保留海上保衛隊十五艘，全天候巡視。

餘留的海盜全部向南遷移，活躍於廣西海域，不介入廣東沿海，更不敢跨入珠海領域。加上彭文定以流利的英、法語，幫阿桂促成眾多歐洲線的運輸生意，不少紅毛商人的進出貨都選在珠海碼頭靠岸；更有不少停留在香港海域的貨輪，為了安全和走避香港大英帝國的進出口關稅，紛紛進入珠海海域向阿桂交付保護費滯留；就連進口福建與廣西的貨船，為避開海盜，也選擇在珠海碼頭靠岸。一時間珠海碼頭成為僅次上海碼頭的繁華進出口商港。

珠海碼頭的總舵手「周老闆」，一身素旗袍，臉上有一道長疤，能通粵、潮、客語，擁有海上防衛隊十五艘，私船上百艘，陸地上一句話即可調動碼頭過千人馬的奇女子，一時名揚海內外。

彭文定在家裡與一家人用飯。

　　「阿嬤吃飯，爹、娘吃飯。」彭文定請長輩先用，自己再起筷，這是從小彭府飯桌上的規矩。

　　爹：「這幾天都沒見到你，工廠也看不到你，什麼時候回來的？」

　　文定：「剛回來的。」

　　爹：「給爺爺上過香沒有？」

　　文定：「上過了。」

　　阿嬤八十多歲，筷子動得很慢，瞧了孫子一會說到：「阿定，看你這麼開心，撿到錢了？」

　　文定：「是嗎？我看起來很開心嗎？」

　　阿嬤：「當然啦！我看人看幾十年了，不會錯的。」

　　文定：「這麼厲害！」

　　娘：「撿到錢還不趕快老老實實拿出來分給阿嬤！」

　　文定：「我哪有撿到錢啊！」

　　阿嬤：「那是什麼事這麼開心啊？」

　　娘：「你阿嬤認為全天下最開心的事就是出門撿到錢了！」

　　文定：「阿嬤，除了撿到錢還有什麼事是最開心的？」

阿嬤想了一下，「被姑娘親了！」

爹笑了出來！

文定：「阿嬤，是被男孩子親吧！」

爹突然神情嚴肅起來，「文定，不可對阿嬤無禮！」

文定立刻收起笑容正經吃飯。

阿嬤看向爹說：「小孩子說說笑，沒事！沒事！」

爹：「再不多久就要進入而立之年了，還每天晃來晃去的，沒個定性。」

娘：「巴黎給你來信了，大概是蘇菲寫給你的，我給你放在書桌上。」

文定臉色一下變得不太自在，「謝謝娘！」

爹：「你從巴黎回來多久了？跟人家訂了親把人家一個姑娘放在那裡這樣對嗎？過幾天把廠子的事處理一個段落，趕緊訂了船票去把蘇菲接回來成婚。」

阿嬤：「是啊！別再拖了，再拖孩子就生不出來了。」

文定淡淡地歎了一口氣，把頭低下。

爹：「你聽見沒有？」

文定：「我暫時不想去巴黎。」

阿嬤：「那怎麼行啊！你這樣是辜負人家，這樣不對呀！」

爹：「吃完飯到我書房。」

在書房裡，爹等下人把兩杯熱茶放下出了房門才開口。「當初是你要訂婚的，你娘還有你二哥、二嫂坐了三個月的船到巴黎參加你的訂婚儀式，你現在回來珠海了，不像在海外那麼孤單了，人家一個姑娘在巴黎苦苦等著你，如果你不娶她，她還有臉見人嗎？她的家就在巴黎，她能躲到什麼地方去？」

文定低著頭不敢說話。

「你不要以為這些日子來我不知道你在搞什麼，我不說出來不代表我不知道，整個珠海也有一大堆眼睛在看。你可是要知道，碼頭那個周寡婦命可是硬得很，你看從她進到伍府以後伍府裡面出了多少事，他們當家的死了，一個瘋了，沒多久前一個又死了，你怎麼會跟她搞到一塊去？我花錢讓你到法國去讀書，現在廠子裡見不到你的人影，你反倒幫起她的生意去了，你會不會替我們彭府想一想？」

文定還是不敢說話，書房裡好久沒有聲音。

爹知道文定的個性，他從小就是個明事理的孩子，話不必多說，也不必重複，只要有理就能聽得進去。爹把口氣放緩和了一些，換個語氣說：「你年紀輕，在商場的時間不長，看的人也不多，很多事情都會過去。也還好你現在年輕，將來的路還很長，所以我現在也不擔心別人說什麼。把心收一收，和周老闆玩玩就算了，我們跟她是不同路的人，你終歸還是要回到屬於自己的生活，跟自己關起門來一起過

日子的人必須門當戶對才行。跟周老闆做個了結，但是關係要處理好，不要搞壞，日後在商場上難免還是要相見，需要我出面的話告訴我。處理好以後去把蘇菲帶回來，我們彭家不可做背信忘義之人。生意歸生意，家人歸家人，在家裡就不可以像做生意一樣胡說八道，不負責任。阿嬤說得沒錯，你自己的命脈也必須開花結果，不能再拖了。」

爹看文定沒反應，立即說：「明白嗎？」

「明白。」

「去忙你的事吧！」

文定低著頭走出書房。

一個多月後，彭文定買了去巴黎的船票，他沒有和阿桂做了結，他對阿桂說：「我去巴黎做兩件事，挑選巴黎時下最流行的布料下單，當面和法國未婚妻說清楚解除婚約。回來以後我就從家裡搬出來，我們結婚。」

民國三十一年，彭文定在坐往法國的遊輪遇難，印度洋的電台在遊輪沈船前收到所發出的緊急電報：求救！求救！暴風雨中閃電擊中遊輪兩次，船上起火，遊輪正慢速下沈⋯⋯。

一個月後消息傳到珠海，彭文定所搭的輪船罹難，無人生還。

阿桂很快就收拾了傷痛的心，似乎習慣人生發生不幸，但是她開始恨自己、恨自己的命。前半生我怎麼忍、怎麼吞都沒有用，後半生我怎麼狠、怎麼不擇手段也沒有用；阿桂開始怨天、恨天，抬頭見到天的時候眼神中都會有恨，內心對天空吶喊，「禰到底想怎樣？」

　　平時沒有喝酒習慣的她，在早飯時都會空腹先喝上兩杯。她的容貌比以前更冰冷，臉上的刀疤猶在，讓人覺得多一股塵世的風霜和江湖的狠勁。她的個性變得古怪，很難溝通，很難接近，更很少露面。任何事要稟報周老闆，都只通過她幾個親信上府通報，這讓周老闆的身分更添增了幾分神祕色彩。後來周老闆曾出現過一次而讓人津津論道；她有三個保鏢隨行，到黑市叫賣的人販市場，挑了一個鄉下來的潮州妹子做丫鬟，付了錢隨即帶著妹子上車離開，此後不曾有人再見過她。

　　大概五、六年後，周老闆終於再被人見到，她除了到碼頭巡視，去得最多的地方是戲園子，當人們在戲台下看到周老闆時都非常驚訝，她幾乎滿頭白髮，皺紋很深，嘴還有點斜，時不時抽起大煙。有些人說那不是周老闆，周老闆最恨自己手下抽大煙，怎麼可能自己還抽起大煙；當時全國已經嚴屬禁煙，幾次周老闆身邊坐的是珠海員警署長，都不敢叫

她禁煙。

　　人家說近來周老闆喜歡聽戲，和各個戲班子的名角都是朋友，只要是她朋友唱主角，幾乎每場她都去捧場，不過她那些唱戲的朋友只有男性，他們在周老闆府上進進出出，在那裡吊嗓子，在那裡把酒言歡，抽鴉片，紙醉金迷。伺候周老闆的丫鬟每天早上到她房裡打掃時，看到三三兩兩的男人和阿桂一起睡在床上，早已習以為常。

　　夜，周老闆府上如同既往，夜夜笙歌到快至天亮才靜悄下來。

　　周老闆床上躺了兩個年輕男子，不知是累了還是醉了！

　　周老闆和潮戲名角沈化蝶半躺在一旁的長椅上，兩人緩緩地吞雲吐霧，連說話的語調都放慢了一半。

　　周老闆輕輕地吐了一口白煙，慢慢地睜開眼說：「聽見後院的鳥叫了，快天亮了，這麼愉快的一天就這樣要過了嗎？」

　　沈化蝶滿頭髮油有著深沈俊翹的五官，手握煙管，語氣帶混地說：「我叫兩個徒弟起來再給您唱一段。」

　　「不必了，看他們都睡了，鬧了一晚上。」周老闆說完再一口含住煙管深深吸了一下，然後說：「你什麼時候要再唱『蘇六娘』？」

　　「過陣子看看吧！快唱不動了，這幾年大煙抽得凶，不

抽又沒得安生。」

「你一把好嗓子，不唱的話可惜了！」

「沒辦法，有點年紀了！大煙不戒唱不下一整齣戲，兩年前戒了好幾次了也沒戒掉，不想戒了。年輕的時候紅也紅過，最遠還唱過到上海和南洋，現在看看能不能教出幾個像樣的徒弟，這一生就夠了。」

「我不像你，我不再多想了，只要你給我多找幾個年輕又聽話的年輕人過來，錢我絕對少不了你。」

沈化蝶笑了笑，嘆了口氣淡淡地說：「人生匆匆幾十年，唱戲唱的越多，越覺得一切都是命，一切都跳不出命；人過了五十幾乎一切都定了，你的周遭和心境都不會有太大的變化了，接著你就真的明白什麼叫命中註定。」

阿桂沒有接話，兩眼在漫煙中呆滯默默地流下眼淚，用手去把眼淚撥開，卻撥不開胸口那一道銳利心酸。

有些人越老越怕孤單，就算在茫茫人海的吵雜中，卻沒有一個可以和妳談內心話的人，那種孤寂可以將你侵蝕致死，你只能在吵雜中猶如浮萍地碰觸更多吵雜，填補那無法填補的空洞。一個女人如果太強大，最後身邊連個對手和騙子都沒有，落得孤寂而終，那是人世間最大的悲哀。

　　　　● ● ●

　　民國二十年九月，日軍佔領了整個中國東北，半年後成立滿洲國，大清皇帝溥儀登基為滿洲國皇帝。

　　民國二十六年，日軍從盧溝橋進攻平津攻陷華北，中日全面開戰。隔年十月，日軍分別從青島、大連、上海派出艦隊集合於台灣外海的澎湖島凝聚成另一股主力，直奔香港東北面的大亞灣，在十月十一日進入大亞灣登陸廣東省，直搗廣東市，隨後又很快佔領了寶安縣、從化、虎門、佛山，掌控整片廣東內部要地，包垮了珠海。

　　沈化蝶來到周老闆府上，眼前在椅子上的周老闆一下憔悴了許多，她眼神如同以往抽大煙時候一樣半開著，那略斜的嘴角對他微微提起笑了一下。阿桂：「現在局勢這麼亂，沈老闆還敢來我這裡，小心你的老命哦！」

　　沈化蝶：「好久沒見您了，來看看您！」

　　「有心了！」阿桂從身旁的茶几抽屜拿出一瓶鴉片，「來一口吧！我這裡剩不多了，抽完就沒了。」

　　沈化蝶伸出手表示不要，「不抽了，戒了。」

　　周老闆咳了幾聲才說：「我這輩子聽過很多人戒，還沒聽過有人戒得掉。」語氣似乎不太相信。

沈化蝶苦笑，「共產黨徹底禁了，買不到只好戒了。」

「怎麼不來找我啊！前些日子我還弄得到，現在是真沒路子了！」

「您省點抽吧！我戒一次就受夠了，從地獄裡狠狠地爬出來，不想再戒第二次，您用！」

周老闆見沈化蝶對大煙沒有興趣，便把鴉片放回身旁的茶几中，說：「世道不一樣了，我們從大清活過民國到現在，我府中一半的下人都跑回鄉下去了，留下來的一半還愛幹不幹的。浦你母！想當年你祖嫲當下人的時候還能這種態度？」

沈化蝶笑笑，「幾個我花了心思栽培的徒弟也全跑了，前些日子在街上看到妳最疼的阿駿，見到我時說什麼必須愛國救國的，成天在大馬路上亂跑，講話沒大沒小，丟！都大半年了，再這樣下去，以前辛辛苦苦練的一身武藝全廢了！」

周老闆也笑了出來，「看開點吧！還以為你們這種人戲演多了，就如同人生見多了，原來還是一樣看不開……」笑到咳了起來。

沈化蝶走過去把周老闆身旁的茶杯掀開，吹了一下再拿給她。

周老闆握住沈化蝶手中的茶杯，讓他餵了自己一口熱茶，想不到在這兵荒馬亂的時候，身邊還有一個男人會餵自

己喝茶，心頭一顫，思緒莫名萬千。咽下了這口茶，喘口氣說：「留下來吃飯吧！我的老廚子還在，他的一手潮州菜讓我覺得日子還能好過一些。」

「不吃了，今天是我師父忌日，我還要去給他老人家上香。」沈化蝶又嘆了口氣說，「世道這麼亂，明年還能不能再去他老人家墳前上炷香都不知道？」沈化蝶說完在周老闆面前坐正，拉直身上的旗袍，猶顯一身名角的氣派，「我有事跟您說。」

阿桂心裡楞了一下，之前無事一番殷勤………

「當下局勢您也看得到，從大清到民國到現在，再怎麼亂也沒有亂到像現在這樣，天天飛機大炮的轟炸聲不斷，就像天快塌下來似的，為了躲日本鬼子，很多工人都跑回鄉下，現在整個珠海就像個死城。聽說武漢也快守不住了，接下來的局勢只有更亂，不會更好。鬼子要是來到珠海，早晚會找上門，我們在過去都屬於有影響力的人，他們不會放過我們………」

「沈老闆………」阿桂聽得不耐煩，「這些我都知道，你到底想說什麼？」

沈化蝶被阿桂打斷，一時頓挫，慢慢再開口說：「我在花旗國有個結拜兄弟，他在金山的唐人街經營一間大酒店，他已經多次來信催我過去，這些年來我身邊還有一些積蓄，我們二人過去的話日子還是可以過的很好，只要妳肯放下這

裡曾經的繁華，我不會辜負妳。」

阿桂雙眼有淚看著沈化蝶，沒有說話。

沈化蝶：「您考慮一下，我先告辭。」站起來準備向阿桂行禮離開。

阿桂開口：「我老了，你應該找個年輕的伺候你。」

「我是個男人有手有腳不必人伺候，我欣賞有氣度和睿智的女人。」

「我們以前快活的時候你見過我花錢和不少男人好過。」

「是快活也罷，是荒唐也罷，這種日子我也一樣過過，我們都是那類人，不過那都是過去，到了金山那邊是和祥、寧靜的晚年，我照顧妳。」

阿桂積在眼眶中的淚水終於流下，立刻伸手抹去，輕聲道：「我年紀大了，經不起到金山一路折騰，心領了。前幾天我碼頭的人來見過我，快沒船了，快點抓緊時間走吧，再晚就走不了了！」

沈化蝶挺住胸前一股失落，一口幽幽的長氣輕嘆出，緩緩摘下左大拇指上的塔青玉戒放在茶桌上，「當年我在上海唱完第一齣戲拿的錢買的，跟了我快三十年，愈戴琥珀色愈通透，給您留個念想。保重！」對周老闆行了禮，眼神掃了一下這間曾和周老闆共度春宵的臥房，轉身離開。

從目前的局勢看來，日本人還不想跟大英帝國開戰，佔時不會進攻香港，沈化蝶要在這個時候出國，唯有先到香港才能搭上游輪離開。當晚，她吩咐碼頭的人，如果見到沈化蝶上船，勢必出五艘船護航，直到他靠岸香港才得返回珠海。

三日後，武漢失守，整個廣東省所有火車鐵路和電話線全被切斷。隔日清早，碼頭的人來報，已經護送沈化蝶安全抵達香港；下午，碼頭的人再報，日本海軍登陸大亞港。一小時後，四艘日本軍艦登陸珠海碼頭，阿桂吩咐洪門所有兄弟放棄珠海碼頭。

隔天早上，一個留著八字鬍腰佩武士刀的日本軍官，身後跟著二十幾名背帶步槍的士兵直入周老闆府上，周府的下人不管男女老少，沒有一個敢上前阻止。

他們不等周老闆到大廳見他們，直接闖入周老闆房間。

周老闆從床上坐起來，兩隻腳還沒穿上鞋，八字鬍的日本軍官身旁一個翻譯官已經開始用廣東話說了一大串，「我們是日本第21軍104師團，我是團長千葉龍一，我需要調動妳的船隻到台灣運送物資過來…………」

阿桂：「我都還沒睡醒，你能不能說慢一點？」

千葉龍一聽了翻譯官說了阿桂的話，再對阿桂說：「失禮！我們到大廳等妳，請妳動作快一點，不要讓我們等。」

說完一票人轉身走出阿桂的房間。

阿桂喊了下人端洗臉盆進來，幫她穿好衣服，梳裝一番，再抽上兩口水煙，慢慢走到前大廳。

千葉龍一見阿桂走來，用日本話說了一句，「打扮後還真體面，可惜了臉上有一條疤！」

阿桂走進大廳坐下，「呂管家，上茶！」，接著對日本軍官說；「坐。」

千葉龍一：「謝謝妳！我身著軍裝不方便坐下。」

翻譯官把剛才的要求對阿桂重說一次，「千葉團長請妳出動所有船隻到台灣運送物資過來……」

阿桂皺眉頭說：「你的廣東話日本口音太重了，我實在沒辦法全部聽懂！」

這時呂管家端上兩杯茶過來，聽到阿桂這麼大膽敢說日本人的廣東話不好，嚇得兩隻手直發抖。

千葉龍一見翻譯官的臉色變得很難看，還不出聲，「她說什麼？」

翻譯官低下頭以日語回覆千葉龍一：「她說我的廣東話不好，她聽不懂。」

千葉龍一嘆了一口氣，「慢慢說，說到她懂為止。」

「是。」翻譯官再轉向阿桂，把說話的速度放慢，每說完一段就問阿桂，「明白嗎？」。

搞了好一陣子，阿桂終於說：「明白了！明白了！」，

轉向千葉龍一說：「我碼頭的工人都回鄉下去了，碼頭的船你們就拿去用好了。」

千葉龍一聽翻譯官說了以後，回答說：「我們看過妳的船，和日本的船不一樣，我們會用的人不多，加上我們不熟悉南方的水性，需要妳幫助。」

「原來是這樣啊！」阿桂想了一下，「給我幾天的時間，讓我去找能駕船的人好不好？」

「妳需要幾天？」

「這樣子吧！我立刻吩咐下面的人去找能開船的人，一找到人就立刻讓他們出海到台灣，有多少人就先出多少船，我會不斷地找，一直到所有船都出海，這麼做行不行？」

「好吧！就先這麼辦。不過每艘船我們會派兩名士兵上船全程督促。」

「我明白，這沒問題！」

千葉龍一對阿桂行了軍禮，轉身帶上所有士兵離開。

呂管家看了所有日本兵走出大門，跑來對阿桂說：「老闆，您膽子實在是太大了，還敢跟日本人說聽不懂他的廣東話，我都替您捏了一把冷汗啊！」

阿桂不耐煩地說：「廣東話說得那麼差勁！聽不懂就是聽不懂了，難道要不懂裝懂，到頭來沒把事情辦好不更麻煩！」

「他們有槍啊！」

「沒見過槍嗎？怕什麼！」

呂管家倒吸一口氣，「真是嚇死人了！」

「給我備好大煙，叫碼頭的興仔來見我。」

「是。」呂管家退下，一邊走一邊擦去額頭冒出的冷汗。

晚上。

阿桂在房裡，旋轉的唱片唱出京鼓、二胡、潮式唱調，詞意盡顯宋詞之優雅，唱腔勾起往日一同把酒吟唱的愜意，更勾起內心的惆悵與孤寂，直視手中的塔青玉戒，輕輕將它握住，「沈老闆，希望你一路平安到達金山，在那裡能夠遠離戰火，一切得以重新開始。」

呂管家來到房門外，「周老闆，大門外有兩個人要見妳，一個自稱是來自惠陽的曾先生，只說有要緊的事，您看要不打發他們走。」

阿桂：「兵荒馬亂的，也不說清楚來歷，叫他走吧！」

沒一會，呂管家又來到房門外，「周老闆，他們不願意走，說是抗日游擊隊的隊長曾惠德和胡敬堯。」

自從武漢失守，鬼子南下直逼廣州，就听過很多民間組織的游擊隊與日軍抗衡；當然，開戰以後也有一些以抗日名義來騙錢的，都被阿桂識破給趕走。這次來的人聽起來頗為低調，不同以往那些慷慨激昂的騙子，想了一下說：「帶他們到大廳。」

阿桂來到大廳，見他們二人衣衫襤褸還都長了一臉長鬍子，細看之下卻見他們五官端正，站立如鐘。阿桂故意不請他們坐，自己坐下後慢條斯理地喝了一口茶才開口：「素不相識，找我幹什麼？」

其中一人開口，「在下人民抗日游擊隊第三隊隊長曾惠德。」

另一人接著說：「我是第五隊隊長胡敬堯。」

阿桂：「我不搞政治，不搞軍事，我是個商人，大家走的路不一樣，你們來找我幹什麼？你們知不知道，如果日本鬼子曉得我跟你們見面的話我會有多麻煩？呂管家，送客！」說完站起來要回房。

胡敬堯：「周老闆，鬼子都打進廣東了，還不管嗎？」

阿桂：「你們想幹什麼？跟國民黨一樣來要錢的？」

胡敬堯：「我們不是國民黨，我們只想抗日。」

曾惠德：「我們本有七百多個兄弟跟鬼子打游擊，卻在烏石岩遭到國民黨攻擊，現在只剩下一百多人，請周老闆用船送我們離開。讓我們把命保住，我們會和鬼子打到最後一兵一卒。」

「那就去打呀！幹嘛走呀？」阿桂說得很不客氣。

曾惠德：「走是為了避開國民黨，我們中國人不打自己中國人，想留下老命繼續打鬼子。」

阿桂看了胡曾好久，「你們剩下的一百多個兄弟呢？」

曾惠德：「都躲在珠海西城外。」

阿桂再次拿起茶杯喝了一口，思考了很久，他們不是來要錢的⋯⋯自己從河源來到珠海，一路上失去了父親，從此人生不再有過父愛，自己也差點沒餓死。進入伍府後和幾個姨太死鬥，被二姨太整到最慘的時候差一點自殺，撐了過來。接著和二姨太一起在碼頭以命博弈，吃下了整個碼頭，和客家幫死裡硬槓，做了寡婦，再和斧頭幫廝殺，同時做掉了二姨太，都是富貴險中求。接著洪門裡面多少人眼紅看我一介女流掌管整個珠海碼頭，不是頻頻來敲詐，就是想到碼頭來硬分一杯羹，我逼自己強悍，比男人還要強悍，硬把碼頭守住。這些都是不得已的，是我的命，沒得選。可當下面對抗日游擊隊是有選擇的，我可以不必趟這趟渾水，我是江湖中人，講得只有利益，不講大義。可是我一生至今，是不是過了這次就不再有可以自己選擇要不要的機會呢？它在利益之外，有必要嗎？可鬼子已經霸占了我的地盤，涉足抗日的話，它的代價到底有多大呢？

阿桂放下茶杯，說得很冷酷：「我已經在幫鬼子做事，不想惹麻煩，今晚當沒見過你們。呂管家，送客！」

胡敬堯：「周老闆，大家都是中國人⋯⋯」

曾惠德按住胡敬堯肩膀，「我們不強人所難。一定還有其他辦法。」說完對阿桂拱手說：「道不同。周老闆，打擾

了！」

阿桂冷冰冰地走出大廳，沒有再跟他們多說一句話。

曾惠德和胡敬堯回到珠海西城外與游擊隊的兄弟們會合，大家打算往山裡面去，避開人多的地方先過了今晚再想辦法。

把風的其中一個隊員突然發現有人來到西城外，難道是曾惠德和胡敬堯回來的時候被人盯上？立刻叫出野鴨的聲音，那是有陌生人進入防守範圍的暗號，所有人立刻找掩護隱藏起來。

走過來的是兩個人，他們故意把燈籠提高，讓人可以在黑暗中看到自己的臉。

胡敬堯認出其中一個是剛才在周老闆家的呂管家，他來這裡做什麼？想了一下，一個人從草叢堆裡爬出來，「呂管家！」小聲地叫出來。

呂管家和另一個人似乎沒有被嚇到，很自然地轉過身慢慢走過來。

胡敬堯來到呂管家面前，「你怎麼大半夜的來到這裡？」

呂管家：「唉！你們剛才真是太莽撞了，周老闆的房子就在城裡最顯眼的中心地帶，府中還有上上下下幾十個人，這種事周老闆怎麼能當面跟你們說呢！」

胡敬堯：「你的意思是……周老闆她願意幫我們？」

呂管家：「老闆經歷過多少大風大浪，她不是怕事的人，但是她必須謹慎呀！鬼子都殺進廣東了，正常人豈有無動於衷的道理？」

胡敬堯含住自己兩支手指吹出鳥叫的聲音，連吹了兩長一短，游擊隊所有的兄弟全部爬出來，一下子冒出這麼多人來，呂管家這才嚇了一跳！

曾惠德也來到呂管家面前，「呂管家，我剛才都聽到了，原來周老闆不是我所想的那樣。」

呂管家又說了一次，「你們就這麼直接來敲門，真是太莽撞了！」

曾惠德：「周老闆她怎麼說呢？」

呂管家：「這裡有一些乾糧，是周老闆要給你們的。」讓身旁的人把背在身上的兩大布袋全卸下來交給游擊隊，然後說：「你們想要離開這裡，是計劃要去哪裡呢？」

曾惠德：「我們想先擺脫國民黨，然後再回到寶安惠陽。」

呂管家臉色大變：「聽說那裡正和鬼子打得火熱！你們真想去那裡？」

曾惠德：「就是需要人，我們才過去。」

呂管家：「好吧！我會把話帶給周老闆。接下來我怎麼找你們？」

曾惠德：「目前看來這裡還算安全，明天這個時候我再來這裡等你。」

呂管家：「好，明天這時候我再過來。」

隔天，呂管家等到半夜，府中上上下下都熄燈睡上了以後，又和平時不多話的阿悌帶上乾糧來找游擊隊，這樣一連五個晚上。

　

阿桂幫日軍找來三十多個能駕船的人，每艘船一個駕船的加一個助手，再有兩個日軍上船監督。三十六艘船在同一天清早出海駛向台灣，預計八個鐘頭的海程，在黃昏以前可以抵達台灣高雄港。台灣那邊的日軍在前一天已經收到珠海的電報，在中午已經準備好運送的物資在高雄港等候。

下午四點左右，三十六艘船抵達高雄港，由高雄港的工人搬貨上船，預定第二天早上離港回到珠海碼頭。

第二天三十六艘船在早上天一亮就離港，每艘船上的兩個日軍一上船就倒頭大睡，他們在前一天晚上和高雄港的日軍喝酒喝到半夜，後來又找來慰安婦一直鬧到快天亮。

也是在當天黃昏的時候所有船隻順利回到珠海碼頭，當天晚上千葉龍一派人請阿桂到日軍駐紮的總部，也就是原本的珠海警署去吃晚飯，當阿桂身著盛裝來到珠海警署，千葉龍一開心地迎接她，這頓飯吃了兩個小時，千葉龍一再次要求阿桂準備好船隻與船員，他要阿桂在六天後出海，不過這

一次船隻必須增加到六十艘，並承諾阿桂，等日本皇軍在中國徹底穩定局勢以後，阿桂以往所有的船業，包括捕魚和運輸，都會讓阿桂繼續經營。

阿桂：「本來就是我在做的，是你們來以後我碼頭的生意才停頓下來。」

千葉龍一：「話是不能這麼說的，英格蘭政府在香港控制了海域霸權，影響了妳海域活動範圍。德軍在整個歐洲開戰，迅速停止了整個歐洲的進出口貿易，接而牽制了妳的運輸生意與歐洲貨輪在珠海海域下瞄的保護費，這些可都是在日本皇軍到達廣州以前就發生的。」

阿桂淡淡地吐了一口煙，「要找我吃飯之前可把我的生意都摸得清清楚楚！」

「我們必須明白這裡的狀況才知道要找什麼人，皇軍可不會到處莽撞，皇軍只跟有真本事的人合作。」

「真會說話，能文能武呀！拿槍的人還這麼懂得跟人打交道。你這種人出生在這個時代，不管做什麼都會有所作為！」

「周老闆過獎了，我在大日本帝國中不過是一個小人物罷了！」

「小人物就如此耀眼，看來日本皇軍真是不能小看啊！」

「周老闆，我敬妳，我們乾杯！」

阿桂拿起桌上的清酒一飲而盡，日本翻譯官立刻再幫阿桂的酒杯滿上，阿桂立刻拿起酒杯再一口喝光，「你們的酒杯實在是太小了，一口就這麼一點，真不痛快，中國人喝又濃又烈的酒才用這種小杯子。」

　　千葉龍一露出訝異的眼神說：「周老闆的酒量不錯啊！」

　　「等下一趟台灣的貨運回來，我請你過來我的地方吃飯，我用中國的酒飯招待你，大口酒大口肉，吃起來才痛快，你們連碗盤都這麼小，我都吃不飽。」

　　「哈哈哈哈…！」千葉龍一大聲笑起來，用日語對身旁的人說：「把飯菜都換成中國的碗盤裝滿，我們入鄉隨俗，不要讓中國人覺得我們太小家子氣。」再滿懷興致地對阿桂說：「讓周老闆見笑了！日本人講求精緻，中國人講究大氣，各有所長，我們現在就換大杯子喝！」

　　飯桌上的飯菜全部換上中國的碗盤並且飯菜盛滿，喝清酒的小酒杯也撤掉換上中國的大酒杯。

　　阿桂滿意地將自己的酒杯與千葉龍一的酒杯滿上，接著舉起自己的杯子說：「這麼喝才痛快！千葉團長，我敬你。」碰上千葉團長的酒杯，然後一飲而盡。

　　千葉龍一又是一驚，不單單是阿桂的海派，更對阿桂的好酒量驚嘆，這可是日本一般清酒杯子十倍的量，她一口就乾掉，難怪可以鎮得住整個碼頭的工人！

阿桂吃了兩口肉以後，又拿起酒杯，「來！千葉團長，我再敬你。」

千葉團長已經覺得自己快要天旋地轉，不能再喝了，就算是丟面子也不能再喝了，現在打退堂鼓總比在周老闆面前醉倒好，「我不行了，我萬萬想不到妳的酒量這麼好，我先失陪！」搖搖晃晃地站起來，一定要走出飯廳不能倒下，「翻譯官，你過來跟周老闆喝。」

「我？」翻譯官指著自己，他看阿桂剛才喝酒像喝白開水似的，自己不被灌死才怪。「是。」看千葉龍一終於慢慢得晃出了飯廳，坐下來和阿桂乾了一整杯清酒以後立刻告辭走人。

阿桂搖搖頭，還像個男人嗎？自己無趣地又喝掉了一杯，走出大門離開了日軍總部。

六天後六十艘船六十個駕船員外加六十個助手，天一亮千葉龍一親自到碼頭目送他們離開。和上次一樣，每艘船有兩個日軍上船一路監督，一百二十個日軍上船前在碼頭排好隊伍，千葉龍一親自對他們喊話：「你們的任務看似簡單，卻非常重要。這次從台灣運過來的物資除了罐頭和衣服，還有槍彈和手榴彈，是正在前線的皇軍所等待的，是大日本帝國拿下整個中國的必需品。一路在海上務必格外留神，萬一遇到無法保護物資的情況，就要銷毀船上一切的物資。寧

可失去這些槍彈與食物，也不能讓敵人增加裝備來對付我們。」

「是！」一百二十個日軍有力的回應聲震響了整個碼頭的天際。

當天黃昏，千葉龍一收到從高雄港來的電報，「六十艘船順利抵達，預定明天日出啟程，再報。」

千葉龍一的內心安定不下來，整個晚上睡不到三個小時，這次從台灣運送過來的物資，十艘是衣物，十二艘豬肉和牛肉罐頭，剩下的三十八艘都是槍彈與軍刀。據東京來報，台灣當下物資拮据，這已是台灣一切能夠供應的，這些物資一離開台灣，等於奪走台灣接下來四年的肉類食物與九成的工業鐵器，台灣島上的居民與皇軍接下來的日子將非常艱苦，為了拿下中國，這等於是犧牲掉一個台灣哪！

第二天破曉立即收到高雄港來的電報，「六十艘船上物資清點完畢，啟航。」

日落，珠海碼頭點燈。

千葉龍一來到碼頭，下令立即發電報到高雄港，並派三艘船開往高雄港方向，隨即上車下令開往周老闆府上。

周老闆宅門是被日軍踢開的，千葉龍一與身後兩個護衛與一個翻譯通過周府前大廳直接闖入周老闆房間。

周老闆見千葉龍一一行人進來，直盯著她，千葉龍一沒

有說話只是一直盯著自己，像似想看透自己似的。周老闆吐了一口煙，慢條斯理得說：「我們約的不是明晚來吃飯嗎？是我記錯了，還是你記錯了？」

千葉龍一聞到周老闆吐出來的一口煙，上前蠻橫地奪走她手上的竹煙管，拿近鼻子聞了一下，「混蛋！還有心情抽鴉片。」把竹煙管硬生生得摔到地上。

周老闆：「我幫你做了這麼多事，這是你們日本人回報朋友的方式嗎？有什麼事不能好好說？」

千葉龍一對身邊的翻譯官大聲說：「她說什麼？」

翻譯官：「她說她幫我們做了這麼多事，日本人用這種方式回報朋友，為什麼不好好說話？」

千葉龍一稍微冷靜下來，「請她到大廳。」說完轉身走出房門。

阿桂扶著丫鬟的手，慢慢走到大廳。

呂管家親自上茶給四個日本軍官，偷瞄了千葉龍一一眼，看他的眼神像是要把人給吃了，嚇得趕緊把臉轉開，兩手顫抖了起來。

阿桂在千葉龍一正前方坐下，「什麼天大的事呀？喝口茶再說。」

翻譯官將阿桂的話翻成日文：「請喝茶再說。」

千葉龍一沒有碰茶，「台灣那邊今早天亮就來了電報，

六十艘船啟程，現在沒有一艘回來。」

　　阿桂：「每一艘船都有兩個配槍的日軍，你有一百二十個日軍在海上，你擔心什麼？」

　　千葉龍一越說越大聲：「今天海上沒有下雨，沒有任何風暴，有什麼理由連一艘船都看不到？」

　　「在海上會發生的事太多了！有可能海上起霧，他們一起開到福建去了也是有可能的。」

　　「每艘船上都有羅盤，怎麼會一起走丟？」

　　「我跟你說在海上會發生的事太多了！這只是其中一個可能，也有可能是碰上海盜，不過你有一百二十個人在海上看著，出事的機率很小。」

　　「我之前怎麼沒聽妳說過有海盜。」

　　「海盜一直都有，幾年前被我趕到廣西那邊去了，可能他們在那邊混得不好又回來了。」

　　千葉龍一盯著阿桂狠狠得說：「六十艘船運送物資的事是機密，妳最好祈求沒事發生。」說完站起來離開，翻譯官與兩個護衛跟在他身後一起走出了大門。

　　阿桂走回房間，把竹煙管從地上撿起來，「浦你母，都摔裂了！」

　　丫鬟：「周老闆，櫃子裡還有三隻，我拿一隻出來幫妳點上。」

阿桂點頭。

丫鬟走去牆角的櫃子，拿出一隻竹煙管走回來。

阿桂打開一個小瓷罐，嘆了口氣，「最後一罐了，連周邊也掛不出東西來了。」對丫鬟說：「把那一隻煙管裡面剩的鴉片挖出來。」

「是。」

阿桂躺下，丫鬟把蠟燭放到竹煙管裝鴉片的一頭燒燙，阿桂對著竹煙管猛吸，很快進入了平靜又和祥的世界。

第二天中午，千葉龍一領著二十個士兵再度破門而入。阿桂剛剛睡醒沒多久，在飯廳吃著清粥伴著醃魚和各式潮州醬菜，微笑看著千葉龍一，「船都回來了？」

千葉龍一拿起一旁士兵的步槍，用步槍的末端朝阿桂的臉上大力敲下去，用日語罵出：「混蛋！妳還想繼續騙我。」

阿桂一臉的血摔倒在地上。

千葉龍一狠狠地說：「海上都是日本兵的屍體，沒有一具中國船員的屍體。」

阿桂被兩個日本兵左右兩邊提在地上拖出大門，臉上的血順著地上一直滴到大門外，阿桂被丟進車子裡。

周府裡面所有人靠在牆邊站著，沒有一個人敢出聲。

阿桂被帶到警署，雙手被綁在身後，臉上多處紫青瘀

腫，披頭散髮地抬起頭，看著指著他破口大罵的千葉龍一，然後笑著說：「怎麼？想整死我，我命硬得很，沒那麼容易死的，你要是弄得死我，是我的福氣！」阿桂看千葉龍一一臉猙獰把拳頭高舉，接著一陣耳鳴，沒有了意識。不知道過了多久，再醒來的時候是被鎖在牢房里。

　　兩個月後，阿桂披頭散髮地被拖出牢房，帶到警署後面一片空地槍決，阿桂雙手綁在身後跪在草地上，用盡力氣抬頭看著白雲，緩緩道：「我這一生……可以死了，真好！」。那年阿桂五十一歲。

　　日本兵從牢房拖出周老闆時，看到牆上有一血寫「文」字。多年後當人談起，猜想那「文」字是指吳烈文還是彭文定？每日在獄中見那「文」字，支撐她活下去的是美好，還是怨恨？

國家圖書館出版品預行編目

碼頭 / 翊青著. -- 臺北市：獵海人, 2021.04
　　面；　公分
　　ISBN 978-986-99523-6-1(平裝)

863.57　　　　　　　　　　110004927

碼頭

作　　　者／翊青
出版策劃／獵海人
製作銷售／秀威資訊科技股份有限公司
　　　　　　114 台北市內湖區瑞光路76巷69號2樓
　　　　　　電話：+886-2-2796-3638
　　　　　　傳真：+886-2-2796-1377
網路訂購／秀威書店：https://store.showwe.tw
　　　　　　博客來網路書店：https://www.books.com.tw
　　　　　　三民網路書店：https://www.m.sanmin.com.tw
　　　　　　讀冊生活：https://www.taaze.tw

出版日期／2021年4月
定　　　價／280元